Come, Tell Me How You Live

说吧，叙利亚

［英］阿加莎·克里斯蒂 著　何羲和 译

人民文学出版社
PEOPLE'S LITERATURE PUBLISHING HOUSE

著作权合同登记号　图字 01-2023-1305

图书在版编目(CIP)数据

说吧,叙利亚/(英)阿加莎·克里斯蒂著;何羲和译. —北京:人民文学出版社,2019(2023.4 重印)
(远行译丛)
ISBN 978-7-02-015148-6

Ⅰ. ①说… Ⅱ. ①阿… ②何… Ⅲ. ①游记-作品集-英国-现代 Ⅳ. ①I561.65

中国版本图书馆 CIP 数据核字(2019)第 060811 号

出 品 人　**黄育海**
责任编辑　**卜艳冰　邰莉莉**
封面设计　**汪佳诗**

出版发行　**人民文学出版社**
社　　址　**北京市朝内大街 166 号**
邮政编码　**100705**
印　　刷　**山东临沂新华印刷物流集团有限责任公司**
经　　销　**全国新华书店等**
字　　数　**133 千字**
开　　本　**890 毫米×1240 毫米　1/32**
印　　张　**7.5**
插　　页　**5**
版　　次　**2019 年 8 月北京第 1 版**
印　　次　**2023 年 4 月第 3 次印刷**
书　　号　**978-7-02-015148-6**
定　　价　**69.00 元**

如有印装质量问题,请与本社图书销售中心调换。电话:010－65233595

谨以这部散记

献给我亲爱的丈夫马克斯·马洛万；

上校、邦普斯、麦克和吉尔福德

“玛丽女王”号正准备摆渡到幼发拉底河对岸

陷入旱谷的车

恰加尔巴扎尔：进行中的挖掘

恰加尔巴扎尔：深坑，22.6 米的未垦部分

上图：阿哈姆德酋长
右图：工头哈穆迪

左图：恰加尔巴扎尔的考古队：坐着的从左到右分别是阿加莎·克里斯蒂、伯恩、帮浦；站着的分别是瑟金斯、萨布里、运水工、曼苏尔

下图：恰加尔巴扎尔：重大发现！

在恰加尔巴扎尔造“远征屋”：穹顶快要完工

上图：运水的驴子

建造“远征屋”：从内部
看中央穹顶
从西南角看完工的房子

左图：在杰拉布鲁斯的幼
发拉底河上摆渡的船夫
下图：干活的篮子小工

恰加尔巴扎尔：在深坑底下的阿拉伯工人

恰加尔巴扎尔：从尔南角看深坑

目　录

丘墟之上

（向刘易斯·卡洛尔致歉）[1]

我将细说从头
请君侧耳倾听：
我在丘墟之上
遇见博学青年。
“先生何人？”我问，
“在寻何物？”
他的回答缓缓沁入我心
犹如血滴渗于书页。

他说，“我寻觅史前
古老的陶器，
用各式方法
测定它们的来历。

---

① 这首诗是对刘易斯·卡洛尔的《我会告诉你一切》（*I'll Tell Thee Everything I can*）的谐趣仿作。（本书注释若无特殊说明，均为译者注。）

然后（像你一样）开始写作，
篇幅翻上一倍
内容更精深博大
以推翻我的同行！”

但我心里正谋划
如何杀害百万富翁
把尸体藏进货车
或是大个的冰箱。
忽觉无言以对，
感到十分尴尬，
我央求：“说吧，说说你的生活！
时间，地点，原因？”

他温和的语调充满智慧：
“要说时间
当是五千年前
那是我心仪的年代，
一旦你学会蔑视公元
就掌握了窍门
就能同我一起发掘
不再返还歧途。”

但我在琢磨如何
把砒霜投入茶里，
一时半会儿很难
将自己抽离到公元前，
我看着他轻轻叹气，
他的脸庞如此亲和……
“说吧，说说你的生活。”我央求，
“你干的活究竟如何？”

他说，“我识土寻踪
猎寻古人制作的器物，
摄影取样，分门别类
再装箱送回英国。
不售不卖不换金子
（自然更是不换黄铜！）
在博物馆的架子上
有它们适合的位置。”

“有时我挖到粗放的
护身符和小雕像，
原来远古的匠人
如此粗野不羁！
那便是我们快乐的源泉，

虽非通往千金之路。
但考古学家活得长久
身体结实强壮。”

这回我听得仔细，因为
刚好完成谋划
用海水保存尸体
好防止尸体腐化。
我谢过他的分享
句句充满博识，
且说我愿随他
踏上勘探之旅……

如今倘我不慎
将手指浸入酸液，
或因内心躁乱
（失手！）砸烂陶器，
或见到涓淌的溪流，
听闻远方的呼唤，
我便轻声叹气，想起
丘墟上的青年——

他神情温和，语调柔缓，

他的思想在远古徘徊，
他的口袋塞满陶器碎片，
他言谈轻声而博古通今，
他爱用复杂难懂的辞藻，
他眼神炯炯，
来回检视地面，
他不懈地劝导我
去相逢迷人的未知，
劝导我和他同去
踏上丘墟发掘之旅！

序

阅读有些书是一种愉悦的享受，叫人时而面露微笑，时而忍俊不禁。《说吧，叙利亚》便是其一。阅读的过程是一趟愉悦之旅。

1930年，命运安排年轻的考古学家马克斯·马洛万和当时已负盛名的阿加莎·克里斯蒂相识。她在巴格达遇见莱奥纳多·伍理和凯瑟琳·伍理夫妇，受邀和他们去乌尔，他们在那里已经发掘了好几季。伍理夫妇的助理马克斯负责护送阿加莎回程，顺道游览。两位情投意合，到年底就步入婚姻殿堂，开始了他们漫长而充满创造力的婚姻生活。

阿加莎的名气并未阻碍她分担丈夫的工作。她参与了马克斯在叙利亚和伊拉克的每一场发掘，同甘共苦，且在考古学家遭遇的各种灾难事件中不断筛取笑料。身边的人对异域发掘一无所知，自然会向她发问，那里的生活究竟是怎样的——她决意用一本轻松小书来作答。

阿加莎在战前开始写《说吧，叙利亚》，尽管战时搁置了四年，但这本书不管从气质还是内容上都更切合三十年代。作为有高度教养的中产阶级，她对人类的欢愉喜剧和苦难悲剧一视同仁。当时中东地区的考古也不受科学和复杂技术的制约。她笔下是这样一个世界：在维多利亚车站登上普尔曼列车——“这个喷着气、快跑着的大家伙是平易近人的朋友”——和簇拥的亲友告别，在加来登上开往伊斯坦布尔的东方快车，最后到达叙利亚。在那里，法国人为发掘工作提供了良好的治安和食物，以及其他慷慨的援助。在这个世界里，阿加莎可以尽情调侃阿拉伯人、库尔德人、亚美尼亚人、土耳其人和崇拜孔雀天使的雅兹迪人，同样也不吝啬调侃牛津学者、丈夫和自己。

作者称此书“是一杯淡淡的啤酒——一本微薄的小书，记录着日常的所见所闻”，是“零散的记述”。实际上整本书构思相当巧妙，五个发掘季被巧妙地编织成无缝天衣。发掘之旅起步于 1934 年末叙利亚北部的哈布尔河区，先是勘察那里的古城遗址，或者叫丘墟——目的是选取最具发掘潜质的地点。

马克斯靠精准的专业判断，在五十座丘墟里选中了恰加尔巴扎尔和布拉克。这两座丘墟在经过四期发掘后，为我们了解美索不达米亚文明的早期阶段贡献良多。不过阿加莎写作此书时，沿循了她的个人准则，即不涉及任何考古学专业问题，而追求轻松统一的记叙风格。

在生存环境原始且常有文化冲突的情形下，“日常的所见所闻”都成了引人入胜的不凡奇闻：人和机器同样会制造麻烦，还有老鼠、蝙蝠、蜘蛛、跳蚤和当时被称为“埃及肚子”（腹泻）的隐秘携菌者助威。不仅说了一幕又一幕有趣的故事，还塑造了若干鲜明的人物。如果说阿加莎·克里斯蒂在侦探小说中略去了人物刻画，那么在这本书里，她寥寥几笔便将一个人描绘得栩栩如生。

作者出于谦逊，并未多涉她在实际考察工作中所起的重要作用。她提及自己在没有暗室的条件下克服困难冲印照片，以及给发现物贴标签，但实际情况远不止于此。我有幸在靠近摩苏尔的尼姆鲁德和马洛万夫妇那里待了一个礼拜，惊讶地发现除去料理饮食家务外，她还做了许多事。在每次发掘初期，她会退居自己的小房间写作，一旦发掘工作变得繁忙，她便丢下自己的工作，投身于文物堆中。她和马克斯一起早起去巡视，分类，贴标签，初步擦拭撒玛以色堡的精致象牙制品。我对这样的一幕印象深刻：掸灰的刷子悬在空中，她歪着脑袋，对自己的手工作业嘲弄似的笑笑。

这一幕更让我确信，尽管阿加莎·克里斯蒂与考古相伴的时间颇长，她的内心并不牵挂于此。她享受在遥远国度的考古生活，并从中汲取了写作的素材和灵感。她在这个领域的知识广博，但依旧乐于做一名快乐的旁观者。

阿加莎从蛮荒的美索不达米亚乡间和乡间的人们那里获得巨大的乐趣，这在本书的许多章节中都有呈现。譬如她记述和马克斯在小火山口的花丛中野餐："一切都那么宁静。我心中涌起一股幸福的巨浪，发现自己如此热爱这片土地，生活如此美好……"在简短的后记中，她追忆哈布尔的生活写道："记叙这一切并非苦差，而是爱的劳作。"这真是无比诚挚的说法，因为那些日常琐事无论多么痛苦荒唐，都萌生着生命的光泽。这恰好印证了我开头的话，阅读的过程是一趟愉悦之旅。

杰奎塔·霍克斯

前　言

这本书是个回应。回应那些被问了又问的问题。

“这么说你在叙利亚考古咯？快说说。那边的生活是什么样的？住帐篷吗？”等等，等等。

大部分人可能并不感兴趣，只是个不经心的话题罢了。不过偶尔也有一两位动了真格的。

这也是考古学在向过去提问。来呀，说说你的生活。

借助凿子、铲子、篮子，我们找到了答案。

“这是我们煮东西用的锅。”“粮食存放在这个大谷仓里。”“用这种骨针缝衣服。”“这是我们的房子，这是浴室，这里是卫生设施！”“喏，这罐子里的金耳环是我女儿的嫁妆。”“喏，这瓮里是我的化妆品。”“这些都是最普通的容器，你会发现上百个。我们从陶匠铺子买的。你说伍尔沃斯①？现如今是这么称呼的？”

偶尔发现一座皇宫，有时是神殿，皇室墓葬则鲜有。这些发现都成为热议的话题。它们登上报纸头条，成为讲座主题，

① 伍尔沃斯公司，零售商先驱。

出现在银幕上，无人不晓！而我觉得有一个真正的宝藏尚待挖掘，它就藏在日常生活中——陶匠、农夫、工匠、动物印章和护身符的雕刻师，甚至屠夫、烤饼师傅、烛台匠人的生活。

告诫一事，以免读者失望。这并非一部深刻之作，它并没有考古学的有趣注解，没有对风景的精美描述，未涉及经济问题，避种族问题而远之，亦不谈历史。

它无非是一杯淡淡的啤酒——一本微薄的小书，记录着日常的所见所闻。

第一章

出发去叙利亚[1]

再过几个星期，我们就要动身去叙利亚了！

在秋冬季节要置备炎夏衣物多少有些困难。原本寄希望于去年的夏衣，却发现已然“无法将就”。一则它们似乎（像令人心疼的家具受损清单）有“凹伤、碰擦、污损”。（还有点缩水、褪色、古怪！）二则——哎呀，哎呀，竟得说出口！——哪儿都太紧了。

无奈只好去商店：

“夫人，这个季节当然还没有上架！不过我们有些迷人的小套装——深色有加大码。”

啊！可恶的加大码。穿加大码够丢人的了！更丢人的是一眼就被人认定要穿加大码。

（纵然也有美好的时光：当我裹着瘦长的大毛领黑大衣，女店员会热情地说：“夫人不过是稍显丰腴。”）

我看了一眼小套装，竟有少许皮草装饰，搭的还是百褶裙。

---

① 原文为法语。

我有些遗憾，解释说想要不易褪色的丝绸或棉布衣物。

“夫人可以看看航海部！”

夫人看看航海部——但希望渺茫。航海依旧封存在罗曼蒂克的幻想王国里。有点阿卡迪亚的意味[①]。这是献给出海航行的女孩的——穿着凸显翘臀的防皱亚麻喇叭裤的苗条、年轻的女孩。这是献给穿着赏心悦目的运动装的女孩的。这是献给那些能驾驭十八款不同短裤的女孩的！

负责航海部的漂亮姑娘毫无同情心。

“哦。没有，夫人，我们没有加大码。”（太可怕了！加大码和航海！哪儿还有罗曼蒂克可言？）

她补充道：“没有合身的吧，是不是？”

我悲痛地承认没有合身的。

仍存一丝希望。还有热带部。

热带部主营遮阳帽——棕色遮阳帽、白色遮阳帽、专利款遮阳帽。有点轻佻因而放在不显眼处的是双层阔边毡帽，它们犹如盛放的热带花朵，粉色的、蓝色的、黄色的竞相开放。另外还有一匹大木马，以及各式马裤。

不过，当然还有其他东西。这才是适合帝国建造者的夫人们的。山东绸！剪裁简约的山东绸两件式套装，没有花里胡哨的少女气，骨瘦如柴和丰乳肥臀一样欢迎！我抱了一堆不同尺

---

① 阿卡迪亚是古希腊的一个高原地区。后用来象征有田园牧歌式纯朴生活的地方，或田园牧歌式的生活和纯朴的人。

寸款式的套装进了试衣间。几分钟后我变身成了“贵夫人”①！

我遏制住内心的疑虑。毕竟，它又凉快又实用，而且我能装得进去。

接着我转移目标，想找顶合适的帽子。这季节找不到称心的帽款，我只好找人定做。说起来简单，做起来难。

我想要的、在找寻的和得到的可能性很小的，是一个适合我脑袋的毛毡帽。是那种大约二十年前人们遛狗或打高尔夫时戴的帽子。现在，唉，只有那种贴在脑袋上，能遮住一只眼、一只耳和后脖的玩意——尊崇时下的风尚——要么就是起码有一码宽的双层宽边毡帽。

我描述着心目中想要的帽子，帽冠就像双层宽边毡帽，但帽檐是其四分之一。

“做宽是为了更好地遮阳，夫人。”

“没错，可我要去的地方随时都有可能狂风乱吹，帽檐那么宽，戴不了一分钟。”

“我们可以为夫人加缝松紧带。”

“我希望帽檐不超过头上这顶的。”

“当然，夫人，搭配浅帽冠会很好看。”

“帽冠浅可不行！这帽子得一直戴在脑袋上呢！”

胜利！我们挑起颜色，新色系有着漂亮的名字：土壤、铁锈、泥浆、人行道、沙尘，等等。

① 原文 memsahib 是印度人对欧洲妇女的尊称。

附带买了几样小东西——我有种预感，这些东西不是弃之不用，就是平添麻烦。比方说，拉链旅行袋。当下的生活被冷酷的拉链统领了，变得越发复杂。衬衣有拉链，裙子有拉链，滑雪装上到处都是拉链。“小礼服”上的拉链纯粹为了好玩，毫无用处。

为什么？还有比拉链更能损坏的捣蛋鬼吗？比起普通的纽扣、别针、扣环或挂钩扣眼，拉链会把你逼入更加窘迫的境况。

拉链初上市时，我母亲对这新奇玩意颇感兴趣，她请人在胸衣前片安上了拉链。结果麻烦不断！拉上去费尽周折不算，向下拉时索性被婉拒！脱件胸衣实在不亚于动一场手术！我母亲又秉持着维多利亚时代的端庄，于是乎，我们一度以为她的余生似乎要穿着胸衣度过了——穿铁胸衣的摩登女子。

因而我一直对拉链存有戒心。可看样子旅行袋个个都装了拉链。

“旧式搭扣落伍了，夫人。”售货员同情地看着我说。

“这个，瞧瞧，多方便。”他边说边演示。

它的方便性毋庸置疑。可我心想，袋子这会儿还没装东西呢。

“好吧，”我叹了口气，“是得跟上时代。”

我忐忑地买下那个旅行袋。

于是，我骄傲地拥有了一个拉链旅行袋，一套帝国建造者夫人套装，以及一顶不尽如人意的帽子。

还有许多事待做。

我来到文具部，买了几支自来水钢笔和尖头笔。按以往的经验，钢笔尽管在英格兰举止规矩，一旦放风到沙漠地带，它就得了自由罢起工来：要么不分青红皂白地将墨水溅洒到我身上、衣服上、笔记本上或任何手边的物件上，要么羞答答地拒绝干活，不留痕迹地划过纸面。我另外适当买了两支铅笔。好在铅笔没有那么情绪化，即便消失一支，手边多少有支备用的。建筑师要是没了铅笔能干什么呢？

接着买了四只腕表。钟表在沙漠里可不受宠。戴上几个礼拜后，手表就不再每天固定工作。它说，时间嘛，只是思维的模式。于是，它要么一天停个八九次，每次停上二十分钟；要么就丧心病狂地飞走。有时它娇羞地在两种模式间切换，最后索性停了。主人只好启用第二块腕表，以此类推。另外还买了两块四先令六便士的廉价表，以备我丈夫说："借一块表给工头，行不行？"

我们的阿拉伯工头们很出色，但和钟表打交道时总显得笨手笨脚。读表对他们来说可是相当费脑筋的事。你会见到他们认真地捧着块大圆表，颠过来倒过去，全神贯注，苦思冥想，结果还是读错！上发条时他们像跟谁较劲似的，发条可承受不住这么大的劲儿！

结果到了季末，这些探险队员的手表一个个都牺牲了。我那两块四先令六便士的廉价表便成了末日救星。

收拾行李！

来说说收拾行李的几个流派。有人提前一两个星期就开始一样样整理。有人出发前半小时才抓上几件东西。有人事无巨细，带足了卫生纸！有人则不把卫生纸放在心上，只带几样要物，相信船到桥头自然直。有人什么重要就落下什么！还有人则会带上一大堆永远也用不上的东西！

至于考古学家的行李，有一样是肯定的——基本上都是书。带哪些书，哪些书能带上，哪些书能装下，哪些书能（痛苦地！）留下？我坚信，考古学家收拾行李时都按照以下方式：先是估算铁路公司允许携带的行李箱的最大数量。接着便往行李箱里满满当当地装上书。然后又不情愿地挑出几本，好留点空间塞进衬衫、睡衣、袜子等。

望着马克斯的房间，除了书就是书！透过书本的间隙，我看见马克斯忧愁的表情。

"你觉得这些我都能带走吗？"

答案不言而喻，说出来就太残忍了。

下午四点半，他到我的房里来，满怀希望地问：

"你的行李箱还有空间吗？"

屡次经验告诫我要咬定"没有"，但我犹豫了一下，这下劫数难逃了。

"能不能让我放一两件东西——"

"不是书吧？"

马克斯有点吃惊地说："当然是书咯——还能是什么？"

说完他便往帝国建造者夫人套装上扔下两部巨著，原本躺在一只行李箱最上头的套装便不再沾沾自喜了。

我大叫一声以示抗议，但为时已晚。

“别胡闹，”马克斯说，“有的是空间！”说着用力压实顽强抵抗着的盖子。

“还没塞满呢。”马克斯很乐观。

好在这会儿他注意到叠放在另一个箱子里的印花亚麻连身裙。“那是什么？”

我回答说这是条裙子。

“有意思，”马克斯说，“正面的生育图式。”

这是嫁给考古学家另一件更伤脑筋的事，他对最普通的图案也表现出追根溯源的专业态度。

下午五点半，马克斯突然说他要出去一趟，置办些衬衫、袜子之类的东西。三刻钟后，他气愤地回来了，因为商店六点都打烊了。我说一贯如此，他答以前从未注意过。

他说好吧，手上没事，就“整理文稿”吧。

晚上十一点，我上床休息，马克斯还在书桌（严禁清理打扫，违者处以极刑）前埋头忙活着信件、账单、小册子、器皿图样、数不清的碎陶片，以及各式各样的火柴盒。没有一个盒子是装火柴的，装的都是奇特而古老的珠子。

清晨四点，他捧着一杯茶兴奋地跑进卧室，称他终于找到了去年七月不见的有关安纳托利亚考古发现的趣文。他继而补充，但愿他没有把我吵醒。

我说当然吵醒了，最好给我也弄杯茶来！

马克斯端了茶回来，说他还找到一大堆他以为已经结清了的账单。我也有过类似的经历。这事令我们都挺不快的。

早上九点，我被马克斯叫去，他让我这个重量级人物压实他鼓鼓囊囊的行李箱。

“如果连你也合不上，”马克斯单刀直入，“就没戏了！”

这项伟大的事业最终在重量级助理的助力下完成了。我开始对付另一件棘手的事——叫我担心良久的拉链袋。在古奇先生的店里时，拉上空袋子显得简单和诱人，而且省力。拉链来回舞动多么欢愉！现在袋子塞满了东西，要拉起来得借助神力了。两边要精准对齐，再让拉链慢慢合拢——慢，化妆包的一角又惹了麻烦。终于拉上了，我发誓不到叙利亚绝不拉开！

但再一想，可能性太小了。刚刚提到的化妆包呢？难道要我连续五天不梳洗？在那当儿，我宁愿蓬头垢面也不愿拉开袋子。

真的要出发了。还有一大堆未完成的要事：洗衣店和往常一样叫人失望；清洁工不守信，让马克斯很恼火——可顾不上了，我们要走了！

有那么一刻，我们似乎走不了了！马克斯的行李箱欺骗了出租车司机，他根本提不动。他和马克斯奋斗了半天，又借了路人的一臂之力，终于把它们推上了出租车。

我们向维多利亚车站驶去。

亲爱的维多利亚，英格兰通向世界的大门，我多爱你的欧陆站台。我多爱火车啊——空气中的硫黄味令人心醉神迷——和轮船太不同了，船上微弱寡淡的油味预示着一路的眩晕恶心，总让我精神低迷。而火车，这个喷着气、快跑着的大家伙是平易近人的朋友！大引擎喷出一团一团的蒸汽，它仿佛在性急地说："我得出发了，我得出发了，我得出发了！"它和你的心情一样，因为你也在说："我要出发了，我要走了，我要走了，我要走了……"

友人们等在普尔曼列车门边和我们道别，说的都是些无关痛痒的套话。我交待了一通废话，狗啦，孩子啦，信件转寄啦，寄送书籍啦，还有落下的物品——"我想应该在钢琴上，也可能在浴室的架子上"，等等。都是些早已关照、无需提及的琐事。

马克斯和我被各自的亲戚簇拥着。

我姐姐眼眶湿润，说预感可能再也见不到我了。我倒很平静，因为我每次去东方，她都有这种预感。她问，要是罗莎琳得了盲肠炎，她该怎么办呢？似乎我十四岁的女儿没有理由会得盲肠炎吧，我只能回答："你别自己动手！"因为我姐姐可是出了名的勇猛的剪刀手，挑疖子、理发、裁衣——不可否认，通常都很成功。

马克斯和我向对方的亲朋告别。我亲爱的婆婆要我好好照顾自己，好像我此行悲壮，一定会遭遇劫难。

汽笛鸣响了，我慌忙又向友人兼秘书交待了几句。她会处理我没做完的事吗？会把握好分寸责备洗衣房和清洁工，给厨子写好推荐信，寄出那些我没法打包的书，从警察厅取回我的雨伞，给那位在我新书里发现四十三处文法错误的神职人员妥善回信，查阅一遍花园的种子清单并划去食用葫芦和防风草吗？会的，她说会照单履行。万一家中或文学界有急事，她会拍电报给我。我说没关系，她可以全权代理。她觉得该怎么处理就怎么处理。她看上去很紧张，说会小心行事。汽笛又响了！我和姐姐道别，荒唐地说道，我也觉得此别便是永别了，罗莎琳说不定会得盲肠炎。姐姐却说，胡说，怎么会呢？我们登上普尔曼列车，列车扑哧一声便发动了。我们上路啦。

开头的四十五秒我心里还很难受。待维多利亚站被抛到了身后，心情一下开朗了。令人愉快而激动的叙利亚之旅开始了。

普尔曼列车有一种自命不凡的阔气，不过远远不及普通列车的头等车厢舒服。我们搭乘普尔曼列车，通常仅仅因为普通车厢容不下马克斯的行李。马克斯丢过一次托运行李，不敢再拿他的宝贝书冒第二次险。

到达多佛尔港时，海面相当平静。然而，我还是回到女子沙龙①，躺下来冥想，内心的忧伤一如往常随着波浪起伏。好在没多久就到了加来，法国乘务员招来一名穿蓝色工作服的大个子帮我拿行李。“夫人会在海关找到他。”他说。

“他的工号是多少？”我问。这名乘务员立刻面露不悦。

① 原文为法语。

“夫人！他可是船上的木工！①”

我相当不好意思，几分钟后才想到那根本不算回答。就因为他是船上的木工②，就容易在几百个蓝制服中，在一堆“九十三”③之类的叫喊声中找到他吗？他只凭沉默可无法体现身份。再说，身为木工④他就一定能从一大堆中年英国女人中认出我吗？

正在这时，马克斯过来了，说他帮我找了个搬运工。我说有个木工⑤已经拿上我的行李了。马克斯问，为什么？所有行李应该一起搬运。我说没错，但辩解说自己晕船晕傻了。马克斯说：“那好吧，我们到海关归整所有的行李。”于是我们向大声叫喊的搬运工海洋走去，向必经的海关女官员走去——法国女人中少有的极品，毫不优雅，缺乏魅力和女人味，令人不快。她左捅右看，用怀疑的口吻问：“没烟吗？”最后不情愿地咕哝了句什么，用粉笔在我们的箱包上潦草地写了些难辨的文字。我们这才过了关卡，来到站台，搭上辛普伦东方快车，开始了穿越欧洲的旅程。

许多年前，我每次在路经加来去里维耶拉或巴黎的路上，都会被东方快车迷住，渴望有机会搭乘。现在它是一位熟悉的老朋友了，而那种兴奋感并未减弱。我正搭乘它旅行！我正坐在上面！我坐在蓝色车厢里，车厢外有简单的字样：加来—伊斯坦布尔。它无疑是我最心仪的列车。我迷恋它的节奏，开始

①②③④⑤ 原文为法语。

时是快板，哐啷哐啷摇摆着离开加来，离开西方，乘客也跟着它疯狂的速度来回摇晃。等接近东方时，它渐渐变慢，直到完全变成一段抒情的连奏。

第二天清晨我拉起窗帘，眺望瑞士朦胧的山影。列车下坡到了意大利的平原，经过美丽的斯特雷萨和镇上蓝色的湖。在威尼斯的雅致车站停靠片刻，便算与这座城打了照面。再次上路，沿海行驶，经由的里雅斯特到了南斯拉夫。车速越来越慢，停靠时间越来越长，站台的时钟显示着不同的时间。已经到了新的时区。站台名都是跳着舞的陌生字体。引擎肥头大耳，憨态可掬，喷着黑烟。餐车账单上货币结算的方式叫人伤脑筋，另外还有奇怪的瓶装矿泉水。坐我们对面的小个子法国人对着他的账单默默研究了几分钟，然后抬起头，看着马克斯，血脉贲张地说："这车上的汇率叫人难以置信！"① 过道对面的深色皮肤、鹰钩鼻男子要求他的账单分别换算成（a）法郎，（b）里拉，（c）第纳尔，（d）土耳其镑，（e）美元。餐车服务生耐着性子完成了要求。这位乘客默默计算起来。他的头脑显然擅长财务，选择了最有利的货币。他向我们解释，用这招省下了相当于英国货币的五便士。

早上，土耳其海关官员出现在列车上。他们不慌不忙的，对我们的行李很感兴趣。他们问，为什么我有那么多双鞋子？太多了。我说，我不抽烟，因此不带烟，既然不带烟，多带几

---

① 原文为法语。

双鞋又何妨？海关官员[1]接受了这个解释。他觉得挺合乎情理。他又问，这个小罐子里装的是什么粉末？

除虫粉，我告诉他。但对方似乎没有理解。他皱皱眉头，面露怀疑。显然他怀疑我是毒贩。他逼问，不是用在牙齿上的，不是用在脸上的，那是用在什么地方的？我比手画脚地演起来！我抓了抓自己，假装抓住个捣蛋鬼，然后撒上粉末。啊，都明白了！他仰天大笑，不断用土耳其语说着一个词。这粉末是用在它们身上的！他又把这个笑话讲给他的一个同事听。他们边笑边走远了。车长过来了，指导起过关事宜。他们会带着我们的护照过来，会问我们带多少钱。“实际金额，你们明白吗？”[2]我喜欢“实际金额”[3]这个词，它生动地描绘了手头的现金。“你们要说，”他继续说，“带了这个实际金额！”他说了个数，马克斯说我们带的不止这个数。“没关系。那样说会有麻烦。要说你们有信用证或旅行支票，以及这个数的实际金额。”他补充解释：“他们不管你到底带了多少，你明白吧，但回答得符合规定。你要说——这个数。”

不一会儿，负责财务问题的人过来了。我们还没开口，他就写下了回答。一切都符合规定[4]。这会儿已经到了伊斯坦布尔，列车蜿蜒穿行在奇妙的木板房子之间，间或看到厚重的石头堡垒和右手边的海洋。

伊斯坦布尔，一座令人为之疯狂的城市——当你身处其中

---

①②③④　原文为法语。

时，你永远也见不到它！只有当你离开欧洲，穿越博斯普鲁斯海峡，向亚洲海岸行驶时，才能真正见到它的模样。这天早晨真美，阳光明媚，万里碧空，清真寺的尖顶指向天空。

“圣索菲亚大教堂，太美了。”一个法国人说。

一片赞同声中，我大概是个可悲的例外。哎，可惜我不懂得欣赏。我从未赞慕过圣索菲亚，总觉得它的尺寸搞错了。但我羞于提及自己反常的想法，什么都没说。

到达海达尔帕夏后换了另一部车。等列车终于发动，开始供应早餐时，我们早已饥肠辘辘！我们沿马摩拉海岸蜿蜒行驶了一天，海面上星星点点散布着美丽的小岛。我幻想过千百次的念头又浮了出来：我想拥有一座岛。真是个奇怪的愿望！大部分人迟早会受这个念头的折磨。在人们的脑海中，岛屿象征着解放、孤独、自由。而事实可能恰好相反，没有自由，有的只是囚禁。一切家用可能得完全依赖陆地。你得不停地给商铺写长长的杂货订购单，筹备肉食和面包，还得包揽所有家务活，因为没有仆人愿意来远离朋友和电影院、连供他们彼此互访的交通都没有的岛上。我总在想象，南海岛屿会大不相同吧！在那儿懒洋洋地坐着，吃着最新鲜的水果，告别盘子、刀叉、水槽里的油脂，不必洗碗！事实上，我唯一一次见南海岛民用餐，吃的是油腻的炖牛肉，桌布也肮脏得不行。

不，岛屿就是——就该是梦幻岛！在梦幻岛上没有清扫、除尘、铺床、洗衣、洗碗、油脂、食物问题、杂货清单、剪灯芯、削土豆、垃圾桶。在梦幻岛上，有白色的沙子和蓝色的海水，或许还有一间在日升和日落间悄悄竣工的仙女屋。还有苹果树、歌声和金子……

我沉浸在幻想中，这时马克斯问我在想什么。我只说："天堂！"

马克斯说："啊，等着杰格杰盖河吧！"

我问那儿是不是很美。马克斯说他不知道，但那儿是特别有意思的地方，而且基本上是个未知的秘境！

第二天一早，我们到了西里西亚门①，这儿的景色真是我见过最美的。我好像站在世界的边缘，脚下是应许之地，心中是摩西所感。这块地方同样不能进入……这片柔软、迷蒙、深蓝色的土地是不可到达的；一旦到达，城镇和村庄就变得和日常世界无异，便失去了诱惑力……

列车鸣笛了。我们上车回到包厢。

开向阿勒颇。过了阿勒颇就到了贝鲁特，在那儿，我们要和建筑师会合，并为在哈布尔河及杰格杰盖河地区的预先勘察做准备，为了找到适合发掘的土丘。

因为，正如比顿太太②说的，这将是整趟考古之旅的开端。这位令人敬佩的夫人说，得先逮着兔子③。

对我们来说，得先找到土丘。这就是我们眼下的任务。

---

① 土耳其南部托罗斯山脉的一个山口。

② 伊莎贝拉·比顿（1836—1865），英国首位杰出的烹饪书籍作者，代表作是《比顿太太的家务万宝全书》。

③ 谚语，意为勿操之过急。

第二章

勘察之旅

贝鲁特。蓝色的海洋，蜿蜒的海湾，长长的海岸线和沿岸蓝色的朦胧山影。这便是从旅馆露台望出去的景色。我的房间朝向内陆，能看到一个栽着猩红色一品红的花园。房间很高，刷成了白色，有点像牢房。房间里有一个新式洗脸池，配套的水龙头和下水管样样俱全，为房间增添几分时髦的味道。[①] 洗脸池上方有个带活动盖子的方形水箱连着水龙头。水箱里的水闻起来有股酸腐味，而且只连着冷水龙头！

水管工程引介到东方后可没少带来隐患。冷水龙头出热水，热水龙头出冷水的情况并不稀罕！我清楚地记得，在一个新装的“西式”浴室沐浴时，可怕的热水管放出的水又烫又大，冷水不出，热水龙头又关不掉，门闩偏又卡住了！

一边是令人陶醉的鲜花，一边是遭人厌恶的卫浴设备。这时有人敲门。一个矮胖的亚美尼亚人出现在门口，一脸逢迎的笑容。他张开嘴，用手指沿着喉咙向下比划，鼓舞人心地说道：

---

① 这是在现代化的圣乔治酒店开业前写的。——原注

“吃饭！”①

真是简单明了，即便再迟钝的人也能明白，午餐已经准备好了。

马克斯在餐厅等我，和他一起的还有我们的新建筑师麦克，我和他还不怎么熟。几天后我们就要出发，开始为期三个月的露营考察，寻找有发掘潜质的地点。和我们同去的还有哈穆迪，这位思想深刻的先生是我们的向导，也是朋友。他在乌尔做了多年工头，是我丈夫的老朋友，这个秋天要利用闲季和我们待上几个月。

麦克起身，礼貌地和我打招呼。我们入座，享用了一顿美餐，只是稍有些油腻。我尝试了几次，想和麦克好好聊几句，每次都吃了闭门羹：“哦，是吗？”“的确。”“不会吧？”

我觉得不知怎么被泼了冷水，不安地想道：我们年轻的建筑师不会是那种能将人逼傻的人吧。谢天谢地，那些见人就脸红的岁月已随风而逝了。人到中年，时间赋予了我泰然自若和随机应变②。我时常庆幸那些笨拙的年岁都已经过去！“我已经克服了。”我开心地对自己说。而正当我对此深信不疑时，某些人的出现又意外地将我打回原形。

麦克可能生性腼腆，且以腼腆做了盾牌，我这样安慰自己，却无济于事。事实是，面对他冷淡傲慢的神情，微微上扬的眉毛，以及聆听我那些胡言乱语时的礼貌态度，我心里越来越虚，

---

①② 原文为法语。

说着一堆自己也知道无聊透顶的废话。用餐快结束时，麦克才指摘了一句。

“确实不是这样吗？”他礼貌地回应我关于法国圆号的微词。

自然，他是完全正确的。确实不是这样的。

午餐后，马克斯问我对麦克的印象。我谨慎地说，他好像不爱说话。马克斯说那太好了，他就怕困在沙漠里时还有人喋喋不休。“我选他正因为他看着挺安静的。”

我承认那有些道理。马克斯又说他可能有点腼腆，但很快就会放开的。“他可能被你吓到了。”末了，他来了这么一句。

我琢磨着这句振奋人心的话，并不觉得它多有道理。

不过我尝试给自己一点精神治疗。

首先，我对自己说，你都可以做麦克的母亲了。你还是女作家——知名女作家。咳，你笔下的一个角色甚至还出现在《泰晤士报》的字谜游戏中。（名声的高潮标记！）再说，你是考察队领队的妻子！好啦，要说怠慢，得是你怠慢那年轻人，不是那年轻人怠慢你。

之后，我们要出去喝茶，我去麦克的房间邀他一起。我决意要表现得自然友好。

麦克的房间干净得不可思议，他正坐在一块折叠起的格子呢毯上写日记。他礼貌地抬起头询问：“要不要和我们一起去喝下午茶？”

麦克起身。

“谢谢！”

“喝完下午茶，你不妨四处逛逛，”我提议，“到一个新的地方逛逛挺有意思的。”

麦克的眉毛微微一抬，冷冷地说：“是吗？”

我带着几分沮丧，领他来到大厅，马克斯正在那儿等我们——麦克默默地享受着一大份茶点，自得其乐。马克斯此刻虽喝着茶，心思却跑到了公元前四千年。

吃完最后一块蛋糕，他突然如梦初醒，提议去看看我们的卡车。

我们立马便动身去一看究竟——福特的底盘正在安装的本土产的车身。我们不得不将就一下，因为找不到状况尚佳的二手车。

车身打造得有模有样，浑然天成，整体高雅尊贵，好得叫人不敢相信。马克斯有点担忧，按计划哈穆迪这时应该和我们在贝鲁特接上头了，但他还没有露面。

麦克不屑逛街，回房间坐在毯子上，写起他的日记。我很好奇他在日记里都写些什么。

一大早就被吵醒。清晨五点，我们卧室的门开了，只听一个人用阿拉伯语说：“你们的工头来了！”

哈穆迪和他的两个儿子热情似火地冲进房间，抓住我们的手，按贴在他们的前额。“萨隆科菲？”①（你们好吗？）“库力士

① 原文为转写成拉丁字母的阿拉伯语。

禅。”[1]（很好。）“阿尔哈姆渡里拉！阿尔哈姆渡里拉！”[2]（我们一同赞美主！）

我们驱赶了些许睡意，吩咐下面准备茶点。哈穆迪和他的儿子舒服地蹲踞在地上，和马克斯互通起消息。语言障碍将我拦在这场对话以外。我仅会的阿拉伯语全用上了。睡意难挡，我心里希望哈穆迪一家将他们的问候推迟到更加适宜的时间。不过，我明白对他们来说，以这样的方式到达是最自然不过的。

浓茶消除了睡意，哈穆迪对我说了一堆话，马克斯翻译给我听，又将我的回答翻译成阿拉伯语。父子三个都快乐地笑着，我又一次感到他们是多么讨人喜欢。

准备工作全速进行中：采购储备；物色司机和厨子；拜访文物管理处；和其主管塞利格先生及他迷人的妻子快乐地共进午餐。他们待我们无比热情——顺便一提，午餐相当可口。

顾不上土耳其海关嫌我鞋太多的意见，我又买了些鞋！在贝鲁特买鞋真是乐事。如果尺码不齐，只消几天他们就会为你定制好，皮质上乘，大小合适。买鞋是我的软肋。我回家时不敢再途径土耳其！

我们在当地市场闲逛，买了几匹有趣的布料，那是种带金色或深蓝色刺绣的白色重磅丝绸。另外还买了丝制阿拉伯长袍寄回家当礼物。马克斯被五花八门的面包吸引住了。任何有法

---

①② 原文为转写成拉丁字母的阿拉伯语。

国血统的人都热爱面包。法国人对面包的热爱胜过任何食物。我曾听特别事务处的长官提及在偏远边境的同事，他言语间流露着衷心的遗憾：“可怜的家伙！连面包也吃不上，只有库尔德人的饼！”

我们还去银行办了事，过程冗长复杂。他们做任何业务都好像硬着头皮似的，叫我很吃惊，虽说这在东方见怪不怪。他们态度礼貌，举止迷人，但就是极力逃避任何实质性业务。“好，好。”① 他们含糊地答应，“写申请函！”② 随即松了口气坐下来。

等到不得不行动时，他们便以复杂的“印花”③ 制度来报复。份份文件，张张支票，桩桩业务，只要能贴都要求贴“印花”④。小钱付了一笔又一笔。以为事情都完成了时，又来了次抢劫！

“请贴两法郎五十生丁印花。”⑤

最后，在写了无数函书，贴了一大堆印花票后，总算完事了。银行职员也为终于能摆脱我们而舒了一口气。我们离开时，听到他对另一位纠缠不休的客户坚定地说：“请填写申请函⑥”。

还差厨子和司机。

司机问题先解决了。哈穆迪笑嘻嘻地走过来，说我们真是走运，他帮我们找了位出色的司机。

马克斯问哈穆迪是怎么物色的。

非常简单。他就在海边站着，好一阵子没活干了，穷得叮

①②③④⑤⑥　原文为法语。

当响，要价就很低。这样我们一下就省了笔钱！

可怎么就知道他是位好司机呢？哈穆迪将这个问题撂在一边。能把面包放进烤炉的就是烘培师。能开车上路的就是司机！

马克斯没有表现出太大的热情，他表示如果没有更好的人选，那就同意雇用阿卜杜拉，招他来面试。阿卜杜拉长得跟头骆驼似的。马克斯叹了口气，说好歹他看上去挺呆的，符合要求。我问为什么，马克斯说他动不了坏脑筋。

我们在贝鲁特的最后一个下午，出城到了凯勒卜河，意思是“犬河”。在树林茂密的峡谷深处有间咖啡店，你可以喝完咖啡，沿着绿荫遮蔽的小径惬意地散步。

不过凯勒卜河真正迷人的地方，是在通向黎巴嫩隘口的山径边岩石上所刻的铭文。过往的无数硝烟中，军队行军至此，记录了他们的足迹。这儿是拉美西斯二世时期的埃及象形文字，以及亚述人和巴比伦军队的粗雕。那儿是提革拉—帕拉萨一世①的人像。塞纳克瑞布②在公元前701年留下了铭文。阿萨尔哈东③和尼布甲尼撒二世④纪念过他们的胜利，亚历山大大帝经过这里留下他的记述。最后，与这些古代铭文衔接的，是艾伦比的军队在1917年刻下的名字和首字母。这些岩刻叫我百读不

---

① 亚述国王，任期约公元前1115—前1077。
② 亚述国王，任期约公元前705—前681。
③ 亚述国王，任期约公元前681—前669。
④ 新巴比伦王国国王，约公元前630—前562。

厌。这些都是呈现在眼前的历史。

我深深地陶醉其中，兴奋地问麦克，这太让人激动了，你觉得呢?

麦克礼貌地抬起眉毛，语调里没有半点兴趣地说，当然，很有意思……

我们的卡车到了，接下来的高潮便是装车。车身完全头重脚轻。它摇摇摆摆、跌跌撞撞的，但不乏尊贵的派头——一副王者风范——立即被命名为“玛丽女王”号。

除了“玛丽女王”号，我们还租了辆“出租车”——是辆雪铁龙，司机是一位温和的亚美尼亚人，叫阿里斯泰德。我们雇了一个表情忧伤的厨子（以萨），他的推荐信将他夸得叫人生疑。重大的日子终于到了，我们出发了。马克斯，哈穆迪，我自己，麦克，阿卜杜拉，阿里斯泰德和以萨结为同伴，无论福祸，共处三月。

我们先是发现阿卜杜拉是个糟糕透顶的司机，接着发现厨子也相当差劲，最后发现阿里斯泰德的驾驶技术不错，但他的车子破得不成样子。

我们沿着海滨大道驶离了贝鲁特。经过凯勒卜河后，继续沿海行驶，经过了一簇簇白房子、迷人的小沙湾和岩石间的小海湾。我巴不得能停下来洗个海水浴，但我们正在干正经的大事。很快，要不了一会儿，我们就会离开海洋进入内陆，而后有几个月都见不到海了。

阿里斯泰德以叙利亚人的习惯不停地按喇叭。头重脚轻的

“玛丽女王”号摇摇晃晃地跟在后面，好像船只在海洋里乘风破浪。

我们经过了比布鲁斯，白房子愈来愈稀疏了。右侧的山坡岩石嶙峋。

最后，我们拐了个弯，朝着霍姆斯方向开进了内陆。

霍姆斯有家不错的旅馆。一家非常棒的旅馆，哈穆迪如是说。

结果，旅馆的气派仅限于建筑本身。空间很大，石头回廊又宽又长。可惜管道系统不太良好。卧室宽敞得很，却并不舒适。瞻仰过卧室后，马克斯和我打算去城里逛逛。我们发现麦克正坐在床边认真地写着日记，毯子折叠着放在身边。

（麦克在他日记里写了什么？他对观光霍姆斯没有表现出任何兴趣。）

或许他是对的，因为的确没什么可看的。

我们吃了顿糟糕的冒牌西餐，便上床休息了。

昨天我们尚行驶在文明的疆域，今天一下就将文明抛在身后了。整整一两个小时，所经之处毫无绿色。一片棕黄的沙漠。道路很难辨认。偶尔会有一辆卡车从不知什么地方冒出来。

天气非常炎热。高温不说，道路凹凸不平，出租车弹跳得厉害，扑面而来的沙尘打在脸上、钻进嘴里，我的头痛得厉害。

这个草木不生的世界令人生畏，又叫人着迷。它不像大马士革和巴格达之间的沙漠那般平坦。你得爬上爬下，仿佛变成了孩童时在海滩上搭起的沙子城堡中的一粒沙。

而后，在忍受了七个小时的炎热和单调后，来到了一个荒凉的世界——巴尔米拉！

我想这就是巴尔米拉的迷人之处吧。在炎热的沙漠中央，神奇地矗立着纤细的奶白色美景。它美丽、奇异、难以置信，一砖一石都如梦似幻。王宫、神庙和残柱……

我始终难以确定对巴尔米拉的印象。它给我的第一印象亦真亦幻。加上当时我头疼眼痛，它更像是脑袋发热时产生的幻觉了！它不是——不可能是——真的。

忽然间，我们被人群簇拥——一群兴高采烈的法国游客，有说有笑，快门频频。我们在一栋颇有气派的建筑前停下——旅馆。

马克斯忙不迭告诫我："别太介意味道。过会儿就适应了。"

确实！旅馆的内部很漂亮，布置得很有格调。但卧室里的腐水味非常重。

"这味道有益健康。"马克斯让我放心地说。

那位我想应该是旅店老板的风度翩翩的长者强调说："味道不好，是的！不健康，不！"①

就这么安顿下来了！随遇而安吧。我吃了阿司匹林，喝了茶，倒在床上。观光的事再说吧——眼下我只想闭上眼睛好好休息。

---

① 原文为法语。

我内心有些惶恐。这就倒下了吗？我可是一直很享受坐车的啊。

好在一小时后我就醒了，感觉完全复原，等不及出去看看。

这次连麦克都甘愿和日记暂别了。

我们度过了一个美好的下午。

离开旅馆很远处，我们又遇见那群法国人。他们遇到麻烦了。一个穿高跟鞋的女人（所有人都穿高跟鞋）鞋跟断了，走回旅馆变成一桩步履维艰的事。他们坐出租车到了这里，这会儿出租车抛锚了。我们瞥了一眼车。这个国家似乎只有这一种出租车。这部车和我们的那部难以区分，坐具一样破烂，感觉也像是用绳子绑起来的。司机是个瘦高的叙利亚人，正无精打采地在引擎盖底下检查着。

他摇摇脑袋。法国人倒起了苦水。他们昨天坐飞机到这里，明天就要坐飞机离开。这辆出租车是他们下午在旅馆租的，这会儿抛锚了。可怜的女士怎么办呢？“不能走路了，只有一只鞋”①。

我们说了些安慰的话，马克斯大方地邀他们坐我们的出租车。他这就回旅馆，把车带过来。这样跑两趟，人就都捎上了。

这个建议一出，大家立刻欢呼起来，对方再三感谢。马克斯动身了。

我和法国女人友好地攀谈着，而麦克躲在沉默之墙后面。

---

① 原文为法语。

谈话间隙，他会生硬地应一声“是”或“不”，而后立马闪回墙后。法国女士们对我们的旅程表示了巨大的兴趣。

“啊，夫人，你们要露营吗？”①

我被这个措辞迷住了。露营②！它果断地将我们的探险活动归成了消遣！

去露营③多愉快呀，另一位女士说。

我说是啊，会很愉快的。

谈笑间时间不知不觉就过去了。突然，我目瞪口呆地望见“玛丽女王”号摇摇晃晃地开过来了。马克斯拉长了脸在开车。

我问他为什么出租车没开来？

马克斯怒气冲冲地说，因为出租车在这里。他狠狠地指着那辆不听话的车——瘦长的叙利亚人还在乐观地查看着。

大家一片哗然，我也才反应过来，难怪这部车看着这么眼熟！“可是，”那位法国女士大叫，“这辆就是我们在旅馆租的车。”马克斯和她解释，尽管如此，这仍是我们的出租车。

和阿里斯泰德说不通。双方各持己见。

“我不是雇了你三个月，还包了三个月车吗？”马克斯诘问，“你一定要以这样丢人的方式背着我把车让给别人吗？”

“但是，”阿里斯泰德一副无辜的受伤者表情，“你不是说今天下午不会用车吗？那么，我就趁机赚点小钱。我和一个朋友谈好的，他开车带这队人在帕尔米拉兜一圈。是你自己不想用

---

①②③ 原文为法语。

车的，对你又有什么损害呢？”

“有损害，”马克斯回答，“因为首先这不属于我们的安排，其次车子现在需要修理，明天很有可能开不了了！”

“至于这个，”阿里斯泰德说，“别太担心。我和我朋友熬通宵也会修好！”

马克斯说最好如此。

第二天早上，出租车果然忠诚地在大门口迎候我们。阿里斯泰德笑嘻嘻地坐在驾驶座上，完全若无其事的样子。

今天，我们到了幼发拉底河沿岸的代尔祖尔。天很热。镇子里散发着难闻的味道，且无诱人之处。因为没有欧式旅馆，特别事务处①善意地给了我们几间房。视野很好，望出去便是棕色的大河。法国官员亲切地询问我的身体，希望我还能撑得住炎热天气的车行。“雅寇夫人，我们将军的太太，到这里的时候完全昏倒②了。”

这番话很入耳。希望这一轮我在考察结束前别完全昏倒③！

我们采购了蔬菜和大量鸡蛋，把“玛丽女王”号塞得连弹簧都差点断了，这才出发——这回开始真正意义上的考察了。

布斯拉！这里有一个哨所。这是马克斯寄予厚望的地方，因为这是幼发拉底河与哈布尔河的交汇处，罗马人建的色西昔

①②③ 原文为法语。

姆城就在对岸。

然而布斯拉令人失望。除了遭到嫌弃的罗马古迹之外，并无其他古迹的踪影。“罗马时期的玩意。”①哈穆迪有些厌恶地摇摇头，我附和了一遍。

在我们看来，罗马人摩登得无以复加——昨日的孩童。我们感兴趣的东西在公元前两千年之前，比如赫梯人的各式宝藏。我们尤其想找到更多关于征战米坦尼王国的外族统领者的信息，这方面的史料掌握甚微。他们一度曾在这里八面威风，首都瓦舒卡尼还有待考证。一群武士使用强权统治了这个王国，且与埃及王室联姻，又似乎是厉害的骑手，因为曾有一个名叫基科里的米坦尼人撰文论及养马和驯马事宜。

从那个时期往前，自然进入了晦暗的史前时代。那个时代尚没有文字记录，仅仅靠着陶罐、房屋图样、护身符、装饰物、念珠这些沉默的见证者讲述着过去的生活。

布斯拉之行令人失望，我们便继续南行去了美亚丁，不过马克斯已不抱希望。而后我们北上沿哈布尔河左岸行驶。

在布斯拉我第一次见到了哈布尔河，之前它对我来说只是个名字——尽管这个名字在马克斯嘴上重复了多次。

“哈布尔河——正是这里。成百上千个丘墟！”

他接着说：“如果我们在哈布尔河区找不到我们想要的，准能在杰格杰盖河区找到！”

---

① 原文为转写成拉丁字母的阿拉伯语。

“杰格杰盖在哪儿？”我第一次听到这个名字。

这名字听起来颇有奇幻色彩！

马克斯很温存地说，他料到我从未听过杰格杰盖。很多人都没听说过。

我承认了这项指控，补充说要不是他普及，我连哈布尔河也未听说过。他着实吃了一惊。

“你不知道，”我的无知对马克斯来说不可思议，“哈拉夫遗址就在哈布尔河沿岸？”

他提及这个著名的史前陶器遗址时压低了声音，充满了崇敬。

我摇摇头，差点说要不是碰巧嫁给他，可能一辈子也不会听说哈拉夫遗址！

要向人们说清楚我们发掘的地点并非易事。

我总是先回答一个词：“叙利亚。”

“啊。”询问者通常感叹一声，已经有点吃惊了。他或是她皱起眉头。“是，当然，叙利亚——”和《圣经》相关的记忆翻涌，“让我想想，是巴勒斯坦，对吗？”

“挨着巴勒斯坦，”我引导对方，“离海岸再远些的地方。”

并没什么用，因为巴勒斯坦通常叫人联想到《圣经》历史以及礼拜天主日学，并非一个地理概念。它给人的联想完全是文学性和宗教性的。

“我还是不太清楚。”对方眉头锁得更紧了。“你们大概是在哪里发掘的——我是说靠近哪个城镇？”

“不靠近任何镇子。靠近土耳其和伊拉克边境。”

朋友一脸茫然。

“可肯定有最近的城镇吧！”

“阿勒颇，”我说，“大概距离两百英里。”

他们叹了口气，作罢了。不一会儿他们又来了兴致，问起我们的饮食。“只吃海枣吧？”

我说我们吃烤羊肉、鸡肉、鸡蛋、米饭、法国菜豆、茄子、黄瓜、当季的橘子和香蕉，他们听完，神情略带责备。“不怎么艰苦啊。”他们说。

美亚丁的露营[1]开始了。在巨大的被称为客栈的庭院中央，我坐在一把专为我而设的椅子里，而马克斯、麦克、阿里斯泰德、哈穆迪和阿卜杜拉在奋力搭建我们的帐篷。

我无疑享受到了最大的乐趣。那场面真是有趣。沙漠强风不时来捣乱，大家对手上的工作又都生疏。阿卜杜拉呼求着真主的怜悯和保佑，亚美尼亚人阿里斯泰德寻求祖灵的护佑，哈穆迪则不时发出狂放的吼叫和大笑，马克斯借着怨气咒骂几句。只有麦克默默地干着活，偶尔小声咕哝一句。

终于一切就绪了。帐篷看上去有点醉醺醺的，不太对劲，但好歹立起来了。这会儿我们全都责骂起厨师来，他没着手备餐，看风景倒看得起劲。还好我们有一些罐头，茶也煮上了。

---

① 原文为法语。

太阳一落，风一停，一阵寒气忽然袭来，我们便准备休息。这是我第一次用睡袋。马克斯和我费了些劲才钻了进去。一钻到睡袋里便觉得无比舒服。我出国时总带着一只超级柔软的羽绒枕——有了这宝贝，瞬间就能到达舒适的天堂。

我满足地对马克斯说："我挺乐意住帐篷的。"

接着，我突然闪过一个念头。

"你说夜里老鼠啊什么的不会爬到我身上来吧？"

"当然不会。"马克斯带着倦意欣然回答。

我还没来得及多想，就沉沉睡去了，醒来时已是清晨五点。太阳出来了，新的一天开始了。

美亚丁附近的丘墟没什么有意思的发现。

"罗马。"马克斯嫌弃地嘀咕。这是他表示轻蔑的终极措辞。我虽认为罗马人也是可爱的族群，但甩掉了这个念头，模仿他说了句"罗马"，放下手里遭歧视的陶器碎片。"罗马时期的玩意。"① 哈穆迪说。

下午我们去参观美国人在多拉的挖掘现场。访问很愉快，美国人很友好。可我发现自己对考古的兴趣渐渐减少，与此同时，越来越听不懂对话，也越来越难参与其中。

他们讲到最初的雇员困难，听着很好笑。

在这个荒僻的地方，人们对薪资一说闻所未闻。考古队碰

---

① 原文为转写成拉丁字母的阿拉伯语。

了一鼻子灰，没人接受和理解。绝望之下，他们向法国军方求援。回应干脆利落。法国人抓了两百个左右——总之是满足需要的数——的劳力派他们上工。被抓来的这些“犯人”温和、快活，看样子也喜欢这工作。让他们隔天返回，却无人露脸。考古队再次向法国人求助，他们又抓了一批工人。这些人干得很开心，可还是一去不返，只好再求驻军帮忙。

真相终于水落石出了。

“你们不喜欢替我们干活吗？”

“当然啦，怎么会不喜欢呢？闲着也是闲着。”

“那为什么不来了呢？”

“我们想来的，但得等阿斯卡（士兵）来带我们。其实他们不来抓我们时，我们很生气的！他们失职！”

“但我们希望不用阿斯卡带你们来干活！”

“这样好奇怪！”

一个礼拜结束，他们领到了工钱，个个困惑不已。

他们说，真的无法理解这些外国人！

“法国阿斯卡管这里。他们自然有权力抓我们去坐牢，或派我们去帮你们挖地。但你们为什么要给我们钱？这钱是为什么给的？搞不懂！”

最后，他们顺应了这个奇怪的西方风俗，然而还是不住摇头和嘀咕。他们每个礼拜领一次薪水，但对阿斯卡始终有种莫名的怀恨。阿斯卡有责任每天带他们来！

无论真假，这故事不赖！我真希望自己能更聪慧一些。我是怎么了？回到营地时，脑袋晕乎乎的，体温接近39度！加之腹部作痛，感觉自己病得不轻。顾不上晚餐了，赶紧蜷缩进睡袋好好睡一觉。

到了早上，马克斯忧心忡忡地问我感觉怎么样。我呻吟着说：“要死了！”他更担心了。他问我是不是觉得真病了。

我叫他安心。我这个病在埃及叫做埃及肚子①，在巴格达叫做巴格达肚子。在沙漠里得病可不是闹着玩的。马克斯不能将我独自撂下，而且白天帐篷里怎么也有54度！不过勘察必须继续。我蜷缩在车子里，发着烧，迷迷糊糊的。车子摇摇晃晃开到了一座小土堆前，我下了车，在“玛丽”号的阴影处躺下，马克斯和麦克则去小土堆考察。

老实说，接下来的四天恍临地狱！哈穆迪讲的一个故事倒很切合这个情形——一个苏丹掳走了一个美丽的女人当妻子，她日夜对着安拉惆怅，叹她独自身在沙漠，没有陪伴。“最终安拉听腻了她的抱怨，为她送来陪伴。他为她送来苍蝇！”

我怨恨这位漂亮女士招惹了安拉！苍蝇整天成群结队，让人根本无法休息。

我深深懊悔自己跟来考察，话到嘴边却没有说出口。

整整四天没有进食，只靠不加奶的淡茶，四天之后我却一下复活了。生活又变得美好。我吃了一大盘米饭，一锅油汪汪

---

① 即腹泻。

的蔬菜。这大概是我这辈子吃过最美味的佳肴！

然后，我们爬上哈布尔河左岸的苏沃尔丘，在上面安营扎寨。这里什么都没有——没有村庄，没有部落，连贝都因人的帐篷也没有踪影。

一轮明月当空，脚下的哈布尔河蜿蜒成一个巨大的S形。热气褪去后，夜晚的空气闻起来甜丝丝的。

我说："多可爱的丘墟。我们不能在这里开挖吗？"

马克斯遗憾地摇摇头，说出了预示坏消息的词。

"罗马。"

"真可惜。多漂亮的地方。"

"我说得没错吧，"马克斯说，"哈布尔河可是好地方！两岸都是丘墟。"

过去几天我对丘墟提不起任何兴趣，不过还好没错过太多。

"你确定这里没有一点你想要的东西？"我不罢休。我喜欢上苏沃尔丘墟了。

"当然有，但在底下。我们得挖到罗马层以下。不值得。"

我叹了口气，嘀咕着："这儿这么寂静和安宁——人影都没一个。"

话音刚落，一个老人家不知从什么地方冒了出来。

他是打哪儿来的？他蓄着长长的白胡子，有种难以言说的尊贵，正笃悠悠地走上丘墟。

他礼貌地问候马克斯："您安好吗？""好。您呢？""很好。""感谢真主。""感谢真主。"

他在我们边上坐下。继而是良久的沉默，相较匆忙的西式礼节，这番礼貌的沉默是如此惬意。

末了，老者问起马克斯的名字。马克斯告诉了他，他琢磨起来。

“弥尔万，”他重复着，“弥尔万……多轻快！多明亮！多美丽！”

他又和我们坐了一会儿。然后，他悄悄地离开了，正如他悄悄地来。我们再没重逢。

身体复原后，日子也跟着快活起来。我们天天一大早就出发，一个个勘查附近的丘墟，来回绕圈走，发现陶器碎片就拾起来。然后我们到丘顶比较所获，马克斯把有价值的样品收拢在小亚麻包里，贴上标签。

角逐激烈，我们都想争获当日的发现大奖。

我开始理解为什么考古学家有着低头走路的习惯。要不了多久，我自己也可能成为其中一员，不顾四周，不探远方。我走路时会盯着脚尖，不放过地下的珍宝。

种族间的巨大差异常叫我震惊。拿我们的两位司机来说，他们对金钱的态度真是天差地别。阿卜杜拉几乎天天吵着要预支工钱。要是顺着他，他会把能提前领走的工钱全领走，而且估计要不了一个礼拜就能花得精光。阿拉伯式的慷慨会让阿卜杜拉的工钱在咖啡店挥霍一空，他要出风头！他要“为自己攒点面子”。

亚美尼亚人阿里斯泰德接受哪怕一便士工钱都是硬着头皮。“和卓[1]，你替我保管到行程结束。如果我需要些小钱开销，我会来找你的。”到目前为止，他只从工资里要过四便士——为了买双袜子！

他的下巴萌生了一圈胡子，看着好像从《圣经》里走出的人物。他解释蓄胡可以节约开销，这样就省下买剃刀的钱了。反正在沙漠里也无所谓。

行程结束后，阿卜杜拉将再一次变得身无分文，他无疑又会在贝鲁特海边，怀着阿拉伯人的宿命论，希望仁慈的真主能再给他一份活。阿里斯泰德的钱则会分文未动。

“这笔钱你有什么打算吗？”马克斯问他。

“我要买辆好点的出租车。”阿里斯泰德回答。

“等你有了好点的出租车呢？”

“那就赚更多再买一辆。”

不难预见二十年后，如果我回叙利亚，阿里斯泰德已经变成富翁，拥有一个大车库，住在贝鲁特的一幢大房子里。即便到那时，我敢说他在沙漠里还是不刮胡子，因为能省下剃刀的开销。

阿里斯泰德并非由本族人带大的。有一天我们经过一群贝都因人时，他们招呼他，他也兴奋地回应，挥舞双手动情地

① 伊斯兰教对有威望人物的尊称。

呼喊。

“他们是阿奈扎部落的，”他解释，“我是他们中的一员。”

“这是怎么回事？”马斯克问。

于是，伴着灿烂的笑容，阿里斯泰德用温和欢愉的声音缓缓道来。故事的主人公是个七岁的小男孩。他和他的家人被土耳其人扔进一个深坑。他们身上被泼了焦油，点上了火。小男孩的父亲、母亲、两个兄弟和两个姐妹都被活活烧死，而他被他们压在身下，土耳其人走掉时还活着。阿奈扎族的阿拉伯人发现了他。他们将这个小男孩带回族里，收养了他。他和阿拉伯人一起长大，和他们一起在牧场上流浪。但小男孩长到十八岁时去了摩苏尔，索要他的身份证明。他本是亚美尼亚人，不是阿拉伯人！而兄弟情谊依旧，对阿奈扎族人来说，他依旧是他们的一员。

哈穆迪和马克斯在一起很欢乐。他们有说有笑，不时还哼唱几句。他们哈哈大笑时我会要求翻译。有些时候，我特别羡慕他们。麦克和我之间仍隔着条无法逾越的鸿沟。我们只是坐在汽车后座，没有对话。麦克听我讲每句话都郑重其事，然后一一回应。我在社交上从未如此挫败！麦克看样子则很开心。他那份悠游自在，我只有羡慕的份。

晚上回到我们自己的帐篷。我一钻进睡袋，就向马克斯抱怨起来。我大呼麦克没人情味！

但凡麦克打开的话匣，都叫人提不起兴趣。反面意见似乎恰好满足了他的内心。

今天发现自己的行走能力出了问题，这叫我颇为苦恼。我的脚总是奇怪地不听使唤，一直向左侧倾斜。我有点害怕，这会不会是热带疾病的初期症状？

我问马克斯他是否注意到我走的路是歪的。

“可你滴酒不沾的。”他回答。“天晓得，”他有些谴责地补充，“我在你身上下了不少功夫。”

这便引出了一个新的话题。每个人一生中都会有些无能为力的事。于我，便是无缘享受酒精和烟草。

要是我对这两样不以为然的话，还能挽救我的自尊。但恰恰相反，我相当觊觎那些在鸡尾酒会上弹着烟灰悠然自得的女子，而我只能惨兮兮地游走在房间里，找个角落藏起我滴酒未碰的酒杯。

百折不挠的我继续碰灰。整整六个月，我在午餐及晚餐后虔诚地抽一支烟，咳嗽几声，吞进几缕烟丝，而后被缭绕的烟雾熏得猛眨眼睛。我告诉自己，应该学着享受抽烟。可惜事与愿违，而且我的表现过于痛苦，毫不美观，受到了不留情面的抨击。我认输了。

和马克斯结婚时，我们在餐桌上相当有默契，充分享受着饮食的乐趣。不过他苦恼地发现我对美酒——任何酒——的鉴赏力为零。他开始调教我，前后尝试了各种品种，波尔多、勃艮第、索泰尔纳、格拉弗，甚至尝试了托凯、伏特加和苦艾！

最终他宣布投降。我给的反馈仅限于一些比另一些好喝！马克斯疲倦地叹了口气，接受了这个终生判决：在餐馆为我额外讨水！他说，要折寿好几年。

这就是马克斯刚才的回答的背景故事。

“看样子，”我解释说，“我总是向左边倒。”

马克斯说可能是非常稀有的热带病，因某人命名而著称。斯蒂芬森症——或哈特利症。他继续亢奋地说，到最后我的脚趾可能会一个个脱落。

我默想着这番乐观的前景。突然，我看了一眼鞋子。谜团立刻解开了。左脚的外侧鞋底和右脚的内侧鞋底都磨损了。看着两只鞋子，一切都豁然了。自从离开代尔祖尔后我走了约莫五十座坡度不同的土丘——斜坡总靠身体左侧。只消掉个头，由另一方向绕土丘走就行了。鞋子自然而然就能磨平了。

今天我们到了阿加加丘墟，阿尔班的前身。这是一处重要的大型丘墟。

通往代尔祖尔的主道就在不远处，我们因而感觉已经开上了主道。我们超过了三辆车，它们都朝着代尔祖尔的方向全速行驶。

阿加加丘墟上散落着小簇的土屋，各式各样的人和我们共度了这一天。这里已接近文明世界了。明天我们将到达哈塞彻，那是哈布尔河和杰格杰盖河的接驳处。我们将重新沐浴文明生活。那里是法国军队辖区，也是这个地方的重镇。我将亲眼看到期盼良久、富有传奇色彩的杰格杰盖河！我相当兴奋。

在哈塞彻的逗留充满惊喜！这个地方只有几条街，几间铺子，一所邮局，本身没什么特别之处。我们隆重拜访了两个地方——军队和邮局。

法国中尉热情好客。他想好好款待我们，但我们表示搭建在河边的帐篷很舒服，不过我们接受了第二天晚餐的邀请。我们去邮局寄信则花了很久。邮局局长外出了，因而所有东西都上了锁。派了个小男孩去找他，过了会儿（半小时后！）他回来了，彬彬有礼，欢迎我们的到访，招待我们咖啡，互相寒暄了好一阵，然后才涉及正题——信件。

“不着急，”他笑着说，“明天再来吧。我很乐意招待你们。”

明天我们有活要干，马克斯说，我们想今晚解决。

啊，咖啡来了！我们坐下喝着。最后，在礼貌的敦促下，局长终于打开了他的私人办公室，着手找起来。他慷慨大方地塞给我们寄给其他欧洲人的信件。“这些你们最好也拿上，”他说，“已经到了六个月了。没人来领取。对，对，你们都拿上。”

我们礼貌而坚定地拒绝了收件人为约翰逊先生、马弗洛格达托太太，以及派先生的信件。局长有点失望。

“就这些？”他说，“要不拿上这个大件吧？”

但我们坚持只拿上写有我们名字的信件。一张邮政汇票如期到了，马克斯问起兑现手续。看样子是个复杂得不可思议的问题。我们推测，局长从未见过汇票，自然对这玩意心存戒备。

他叫来两名助理，兴致勃勃地探讨了个究竟。每个人都对这件新鲜事发表了看法。

最后尘埃落定，各种表格得以签署，却发现邮局里根本没有现金！局长说，可以在次日补上。他会派人去集市上征收。

我们筋疲力竭地离开了邮局，步行回河边的露营地，暂别了哈塞彻的沙尘。迎接我们的是一幅悲伤的景象。厨子以萨坐在烹饪帐篷边，手捂着脑袋，正哭得伤心。

出什么事了？

哎呀，他开口说道，他丢尽脸了。小男孩们围成一圈嘲笑他。他脸面全无！一时疏忽，狗把他准备好的晚餐吃了。除了点米饭，什么都不剩了。

我们黯然吃着白米饭。哈穆迪、阿里斯泰德和阿卜杜拉一遍遍教训可怜的以萨，说一个厨子的首要任务就是集中精神备餐，直到晚餐安全呈送到用餐者面前为止。

以萨觉得他不是当厨子的料。他以前从未做过厨子（“难怪！”马克斯说），他更愿意摸方向盘。马克斯能给他写一封说他是一流司机的推荐信吗？

马克斯说，肯定不会，因为他从没见过他开车。

“不过，”以萨又说，“有个大冷天的早晨我摇过大‘玛丽’的把手。你看见过吗？”

马克斯承认他看见过。

以萨说：“那么你就是我的推荐人！”

第三章

哈布尔河与杰格杰盖河

我从未经历过如此美好的秋日。我们跟着太阳起床，喝完热茶，吃完鸡蛋，继而出发。那个钟点还冷飕飕的，我穿着两件针织衣和一件羊毛外套。晨光熹微，灰褐色的大漠中晕染着一抹淡淡的玫瑰色。从丘顶放眼望去，一个荒凉的世界。到处都是丘堆，数一数，大概有六十座。也就是说，六十处古代村落。这里曾是世界上最繁忙的地方，现在只有迁徙的族人带着他们的棕色帐篷。这里是文明的源头，我拾起一块碎片，上面刻画着黑色的小点和十字，这个手工陶器便是今晨我用来喝茶的伍尔沃斯①杯子的祖先。

我筛选起外套口袋里鼓鼓囊囊的陶片（已经缝补了两次衬里了！），舍弃重款，看看我能拿什么交给裁判，和麦克及哈穆迪一比高下。

那么，我手上有什么？

一件粗厚的灰色器物，一片陶器的边缘部分（器型已现，

① 英国知名连锁店。

因而有价值），一些粗糙的红色玩意，两片手绘陶器的碎片，其中一片有小点图样（最古老的哈拉夫遗址！），一把燧石刀，一个灰色陶器的薄胎底碎片，一些无明显特征的彩绘陶片，以及一点黑曜石。

马克斯又筛选了一轮，无情地扔掉了大部分碎片，对留下的一小部分发出欣赏的咕哝声。哈穆迪有个陶制战车轮子，麦克则有块刻有图案的陶器碎片和一座小雕像的局部。

马克斯整合了所有的文物，将它们拨进一个小亚麻袋，小心扎好，像往常一样贴上标签，上面写着发现地的丘墟名。这个丘墟并未标记在地图上。为了纪念发现者麦卡尼，它被命名为麦克堆。

至于麦克本人，脸上不过多了几分淡淡的满足。

我们跑下丘墟上了车。我脱掉一件针织衣。日头渐热起来。

我们又踏访了两座小土丘。到了第三座丘上，我们俯瞰着哈布尔河，吃了午餐。煮得很老的鸡蛋，罐头牛肉，柑橘和极不新鲜的面包。阿里斯泰德用手提液化炉烧了茶。天相当热了，阴影和色彩已经消散。天地茫茫一片土黄。

马克斯说我们很幸运，没有在春天勘探。我问为什么，他说到处都是植物的话，寻找碎片就相当困难了。他说到了春天一切都生机勃勃，这里将是片肥沃的大草原。我佩服地说，这也太夸张了。马克斯说，真的是肥沃的大草原。

今天我们开着“玛丽”去哈布尔河西岸的哈拉夫遗址，顺道拜访了罗门丘墟（不祥的名字，可实际并无明显的罗马痕迹）

和祖玛丘墟。

和南部的土堆不同，这里所有的土堆都蕴藏希望。罗马文物很少，公元前两三千年的陶器碎片相当丰富，甚至有史前的着色手工陶器。难题是如何在众多丘墟中做选择。马克斯乐坏了，翻来覆去地念叨，没错，就是这里了！

我们在哈拉夫遗址的逗留仿佛在神庙朝圣！好几年以来，哈拉夫遗址这个名字听得我耳朵生茧。我很难相信真的要去实地。这块地方风景宜人，哈布尔河在山脚蜿蜒流淌。

我想起在柏林拜访拜伦·冯·欧本海姆时，他带我们去他的文物博物馆。马克斯和他热烈地讨论了（我觉得）整整五个小时。没有地方落座。我的兴趣起先还挺盎然，接着就有些打退堂鼓，最后完全败下阵来。我兴致索然，扫视着拜伦从哈拉夫遗址发掘的各式丑八怪雕像，在主人看来，它们和那些无比有趣的陶器是同时代的。马克斯力避直言，婉转地表达着自己的不同见解。在我眼中，这些雕像都惊人的相似，看得我云里雾里。过了一阵，我才有了重大发现，它们中只有一件是真品，其余都是石膏仿品。

拜伦·冯·欧本海姆停止了他热忱的长篇大论，充满情感地说："啊，我美丽的维纳斯。"边说边深情地抚摸着雕像。然后他回到先前的话题，我真希望自己能——就像旧童谣说的——砍掉双脚好揭穿老底！

我们去哈拉夫遗址的一路聊起关于各种丘墟的话题。附近皆是各种有关厄尔巴龙的传说——主要是他出手的金子数目大得不可思议。时间夸大了数字。即便是德国政府也无法支付传说中这么大的一笔数目！哈塞彻北部都是小村落，处处都有耕种的景象。法国人的到来更替了土耳其法规，这是自罗马人以来的又一次占领。

我们很晚才到。变了天，起了风，刮得人很不舒服，尘土沙子全往脸上扑，眼睛也被刺痛了。我们和法国中尉共进了美好的晚餐。说到打扮自己——不如说是把自己收拾干净——也真难为情，因为我们无非就是各自换了件干净衣服！晚餐非常棒，我们过了一个愉快的夜晚。我们冒着雨开车回到帐篷。这一晚很不太平，狗不停地吠叫，帐篷在风中呼啦呼啦作响。

今天我们暂别哈布尔河，前往杰格杰盖河。一座近在咫尺的巨大土丘引起了我的兴趣，过了一会儿，我发现那是座死火山——柯卡布。

我们的目的地是哈密迪丘墟。听过许多传闻，但去一趟却并非易事，因为没有直达的路。我们得穿越荒野，跨过无数条小沟小谷。哈穆迪今天早上心情相当好。麦克还是很安静，而且有点悲观，觉得我们永远到不了丘墟。

车足足开了七个小时——疲惫不堪的七小时，车陷了好几次，只得一次次推上来。

哈穆迪在这境况中施展了浑身解数。他总是把车当成一匹跑得挺快的劣等马。一旦前面可能出现沟壑，哈穆迪就兴奋地提高了嗓门，疯狂地指挥起阿里斯泰德。

“快——快。别让机器有机会喘气！冲啊！冲啊！”

马克斯停下车去前面查看情况时，不耐烦极了，摇着头，满脸不悦。

他似乎在说，不该这样对待你们桀骜勇猛的车！不给喘息的机会，一切都能搞定。

绕行、中止一通后，我们带上了当地向导，终于到达了目的地。哈密迪丘墟在午后的阳光下别有一种美丽。车子雄赳赳地沿缓坡开到了最高处，向下望去是一片沼泽，沼泽里野鸭拥簇。

麦克终于感动地蹦出一句话。

“啊，”他的语调透着淡淡的满足，“好一潭死水。”

之后，他有了新的昵称。

这下日子变得繁忙起来。勘察丘墟的热情也日渐高涨。最后筛选时，有三件事是必要的。首先，要靠近某个村庄，或能从村庄里得到足够的劳动力。第二，要离水源近——即要么靠近杰格杰盖河或哈布尔河，要么附近得有含盐量不太高的井水。第三，必须有迹象表明里面有真家伙。每一次挖掘都是场赌博——在同时期的七十座丘墟里，谁又能说清哪座藏着建筑，存着石碑，或埋着特别的物件呢？大小丘墟的发掘价值等同——在古代，越是重镇，越易被掠夺破坏。运气决定命运。有多少次，人们以科学的方式辛苦地挖掘了一季又一季，结果却不如人意，而一转身在几步开外，突然就有了重大发现。唯一的安慰是，不管我们挑选哪座丘墟，肯定能有所发现。

我们去哈布尔河对岸的哈拉夫遗址挖了一天，之后在杰格杰盖河边又待了两天，就外观而言这条河被过誉不少——高高的河岸下流淌着褐色的泥沙水。我们记下了一座丘墟——布拉克丘墟——相当有发掘潜质。这座土丘很大，遗迹可以追溯到从史前到亚述时期的好几个时期。这里距离杰格杰盖河两英里，有亚美尼亚人的村落，不远处还散布着别的村落。离开哈塞彻一小时车程，后备补给挺方便的。缺点是丘墟没有水源，虽说就地掘口井也许可行。布拉克丘墟成为候选。

今天我们从哈塞彻出发，沿主行道向北到了卡米什利。那里也是法国军队辖区，是位于叙利亚和土耳其之间的边境小镇。这条路好一段是在哈布尔河和杰格杰盖之间的地带，最后在卡米什利再次和杰格杰盖河汇合。

既要一路勘探每个丘墟，又要当晚返回哈塞彻是不可能了。我们决定在卡米什利过夜，第二天再返回。

关于住宿的问题，大家各持己见。照法国中尉的话，卡米什利所谓的旅馆除了无法忍受，还是无法忍受！“臭不可闻，太太！”① 按照哈穆迪和阿里斯泰德的话，这是家好旅馆，相当欧陆风情，还有床！果然是一流的！

我们上了路，只能暗自祈祷法国中尉的说辞是夸张的。

---

① 原文为法语。

接连下了两天毛毛雨后，天转晴了。希望十二月之前一直能保持好天气。从哈塞彻到卡米什利的路上有两条旱谷，要是积了水，就得封路好几天。今天只有一点积水，我们沿之字形上下，没费太大劲就开了过去——这是指我们坐的阿里斯泰德的出租车。至于阿卜杜拉，则秉持他一贯的作风，企图全速冲过旱谷。等车冲不动了，他才调成二挡。引擎抗议罢起工来，车子滑回到沟底，后轮陷在泥水里。我们全都下了车来助他一臂之力。

马克斯大骂阿卜杜拉是个蠢蛋，说了一百遍的事情都做不好。哈穆迪责怪他速度太慢。“快一点，快一点。你太小心了。别给车喘气的机会。这样它就乖乖的了。”阿里斯泰德快活地喊道：“安拉保佑啊，我们十分钟后要离开这里！”麦克也忍不住了，给出他一贯消极的言论。“他还真把车陷在最糟糕的地方。看看这角度。一时半会儿是走不了了。”阿卜杜拉向天举着双手，厉声辩护起来：“这么好的车，三挡就可以轻松开过去，根本无需调挡，这样还省油！我为你们想得多周到！”

唉声叹气终于被实际救援所替代。抢险用的木板、鹤嘴锄和其他工具卸了下来。马克斯将阿卜杜拉推到一边，亲自把舵。木板放置到位了，麦克、哈穆迪、阿里斯泰德和阿卜杜拉各就各位准备推车。英国可顿①在东方不用动手（好规矩！），我便站在岸上，预备好打气呐喊，出出主意。马克斯发动了引擎，

① 阿拉伯语中对女性的尊称。

发动机加快了转速，蓝色烟团从排气管冒出来，呛得推车的人几乎窒息。马克斯挂上挡，松开离合器，随着可怕的咆哮声，轮子转起来，蓝烟越来越多，听到高声呼喊安拉保佑，“玛丽”号前行了几步，叫喊声更大了，安拉保佑……

哎呀，安拉的助力还不够！轮子失去了抓力，“玛丽”号又陷了回去。木板归位，人力复原，叫喊着，泥浆四溅，蓝烟滚滚。这次差一点就成功了。

还欠一把力。拖绳一头套上“玛丽”的车头，另一头系在出租车车尾。阿里斯泰德在出租车上掌舵。每个人都各就各位。阿里斯泰德热情过头，离合器松得太早——拖绳啪嗒断了。只好从头开始。我被指派为指挥员，用手帕给阿里斯泰德信号。

行动再一次开始。哈穆迪、阿卜杜拉和麦克准备开推，前两位老早就开始呐喊加油。马克斯再一次发动了车。再一次，泥浆与水喷涌，混合着蓝色烟雾，引擎喷着气全速前行，轮子开始转动，我挥动手帕，阿里斯泰德厉声一吼，画了个十字呼唤着真主安拉，挂上了排挡。“玛丽”号呻吟着，缓慢地摇摆着向前行，绳索收紧了，它僵持了会儿，后轮空转，马克斯猛打方向走着“之”字，它缓过来，踉踉跄跄地爬上陡峭的岸边，上来了！

两个泥浆人兴奋地跟在后面叫喊。第三个人虽也浑身是泥，走上来时却很冷静——泰然自若的麦克。他没有一点慌乱或狂喜的表现。

我看看表说：“一刻钟。还不错。”麦克镇定地回答：“前面的旱谷估计更糟。”

麦克简直不是人类！

我们上路了。哈穆迪断断续续的歌声点亮了旅途。他和马克斯在前排很愉快。麦克和我在后排默默坐着。我但凡开口，总是说些急促又愚蠢的话。麦克对我的胡话表现出极大的宽容，礼貌地聆听，然客套地回应：“是吗？”或以温和的口吻挑剔道：“确实不是这样吗？”

现在我们来到第二条沟前。我们停下来，马克斯换下阿卜杜拉。阿里斯泰德率先平安开过了。马克斯跟上，他挂两挡开下去，从水里上来时调成一挡。“玛丽”号得意洋洋地冲上了岸。

“看到了吧？”马克斯对阿卜杜拉说。

阿卜杜拉摆出他骆驼般的表情。

“这次挂三挡也能行，”他说，“你根本不用换挡。”

马克斯又说了一遍他是个傻瓜，补充说以后无论如何他都要按吩咐做事。阿卜杜拉欣然回答说，他做任何事总是出于最好的考虑。

马克斯放弃了争论，我们继续上路。

到处都是丘墟。我不禁想，继续逆时针绕行的时辰是不是到了。

我们到了一处名叫恰加尔巴扎尔的丘墟。狗和小孩子从一小簇房子中奔出来。其中有个人很醒目，穿着飘逸的白袍子，围着鲜艳的绿头巾。他便是当地的酋长。他热情地问候了我们。

马克斯和他一起消失在土房子里。过了片刻，酋长再次出现，喊道："工程师！工程师在哪儿？"哈穆迪说应该是在召唤麦克。麦克走了过去。

"哈，"酋长大声说，"这是勒本。"① 他端出一碗当地产的酸奶。"工程师，你想要厚一点还是薄一点的勒本？"麦克很喜爱酸奶，他朝酋长端着的水罐点头示意。我见马克斯努力想制止。太迟了，酸奶已经加了水，麦克津津有味地喝了下去。

"我想提醒你来着，"马克斯事后说，"那根本就是黑乎乎的泥浆水！"

在恰加尔巴扎尔的调查结果令人满意——有一个村庄，多口水井，相邻也有别的村庄，还有一位好心肠却贪便宜的酋长。我们把这里记录下来作为备选，继续上路。

晚些我们顺道考察了杰格杰盖河附近的几座丘墟，为了躲开沼泽地绕了点路，到达卡米什利时已经很晚。

阿里斯泰德一个急刹车，将车停在那家所谓的一流旅馆前。

"看看，"他热情高涨，"漂亮吧？是石头造的！"

我们忍住没说旅馆的内部比外表更重要。反正旅馆就在眼前，是好是坏都是这儿了。

我们走进旅馆，爬上一条长长的脏兮兮的楼梯，来到摆着大理石台面桌子的餐厅。浓重的煤油味、大蒜味和烟味扑面而来。

---

① 阿拉伯国家对酸奶的称呼。

马克斯开始和店主交涉。

这当然是间旅馆。是间带床的旅馆——真正的床！他猛地推开一扇房门，里头已经有四个人躺在床上，证实了他的说辞。房间里还有两张床位。

“就这儿吧。”他说。“这个畜生，”他踢醒了身边睡觉的人，“可以赶出去！他是我的马夫。”

马克斯提了个得寸进尺的要求，说我们要一个单间。店主拿不定主意，他说那可要花好大一笔钱。

马克斯说价格不是问题。有多贵呢，他问。

店主迟疑了一下，挠挠耳朵，打量起我们的样子（因为一身泥浆，我们看起来确实不够阔绰），最后放开胆子说我们四个至少要付一镑。

马克斯一口答应了，他大吃一惊。

这下子屋里闹哄哄一片。睡着的人被叫了起来，侍应生被唤了进来。我们在一张大理石桌子前坐下，点了厨房能提供的最好的食物。

哈穆迪自封为住宿督导。一刻钟后，他满脸笑容地回来了。一间房全权交给马克斯和我。他和麦克合住另一间。他说“为你们的名声着想”，已经谈好加付五法郎换干净的床单！

饭菜上来了，虽然油腻，不过热乎乎的，而且很开胃。我们饱餐一顿，然后在干净的床单上躺下。正当我快睡着时，我脑海里又浮现会不会有“臭虫”的问题。马克斯说应该不会有臭虫。这个地方是新建的，铸铁床也是新的。

烟味、大蒜味和煤油味从隔壁的餐厅渗了进来，外带阿拉伯语的高谈阔论声。但一切都阻挡不了我们的睡意。我们沉沉睡去。

我们未受虫扰，比平时醒来得晚。又一天满满的行程等着我们。马克斯推开卧室门，旋即微微退回。餐厅里挤满了从两间卧房里被遣散出来的睡客，在桌子间到处躺着——起码有二十个。空气浑浊得很。我们喝了茶，吃了鸡蛋，又上路了。哈穆迪愁着脸对马克斯说，他昨晚对麦克和卓热情地说了许多话，但没想到都过了两个月，麦克和卓对阿拉伯语还是一窍不通。

马克斯问麦克，凡艾斯的《阿拉伯语会话》学得怎么样了。麦克回答说，他忘了放在哪儿了。

在卡米什利采购完东西后，我们向阿慕达驶去。这是条重要的道路，一条真正的公路，而非野道。它和铁道平行，铁道的另一边是土耳其。

路面坑坑洼洼，怪吓人的，我们都颠成碎片了。但这条路上无疑能见到人影。我们遇到几辆车，阿卜杜拉和阿里斯泰德纵情于本地司机热衷的运动，追逐老妇小孩赶的驴队和驼队，还使劲吓唬他们。他俩被狠狠训了一顿。

“这条道不够宽吗？不能从那一边好好开过去？”马克斯质问。

阿卜杜拉激动地转过头。

“我没在开车吗？我没挑最好的路面吗？这些讨厌的贝都因人挡了道——人和驴子都可恶！”

阿里斯泰德慢慢跟在一头超载的驴子后，驴子边上还跋涉着一男一女。他猛地按了下喇叭，驴子受了惊撒腿就跑，女人嘶叫着追了上去，男人则愤愤地挥着拳头。阿里斯泰德哈哈大笑起来。

这次是阿里斯泰德遭骂了，不过他还是和平时一样镇静自若。

阿慕达是个亚美尼亚人为主的镇子，根本不像传说中那样迷人。苍蝇成群结队，小男孩毫无礼貌，人人看上去都无趣且野蛮。总之，比卡米什利要不讨喜。我们买了叮满苍蝇的肉，一些蔫了的蔬菜和一些新鲜烘培的面包。

哈穆迪去打探各种事务了。他回来时我们刚好采购完。他带我们来到一条小路，有一扇大门通向一个庭院。

我们见到一位亚美尼亚牧师。他彬彬有礼，略通法语。他指指庭院和一侧的建筑，说那是他的房子。

他答应明年春天就将房子租给我们，倘若“协商”令人满意的话。他还答应尽快腾出一间屋子，让我们存放东西。

初步商定好，我们便出发去哈塞彻。从阿慕达有一条直达路线，到恰加尔巴扎尔丘墟时接壤卡米什利公路。我们在途中考察了几座丘墟，回营地的一路虽无节外生枝，却已十分劳累。

马克斯问麦克喝了酋长的脏水有没有感到不适。麦克回答说他感觉再好不过了。

“我就跟你说嘛，麦克不是凡人，”晚些我们钻进睡袋时，马克斯说，“一级棒的胃！没什么能让他垮掉。吃再多油腻垃圾都没事。而且几乎从不开口。”

“这一点，”我说，“你可能觉得没什么！你和哈穆迪一天到晚说说笑笑。但我呢？”

“我不明白你和他干吗不能好好相处。你努力过吗？”

“我一直在努力！是他不接茬。”

马克斯觉得很有趣，窃笑了好一阵。

今天我们到达了阿慕达，这里是我们新的活动中心。“玛丽”号和出租车停在亚美尼亚牧师的庭院里。有间屋子已经收拾好给我们使用，但哈穆迪验收过后建议我们还是住帐篷！我们着手搭起帐篷——相当费劲，因为正刮着强风，而且开始下雨。看样子明天无法外出了。二十四小时的雨量足以让交通瘫痪。好在我们有一间屋子，能待在里头拣选已有的发现，马克斯也可以写他的报告。

麦克和我从车上卸下东西摆放在房间里，像折叠式桌子、躺椅、灯等。其他人去镇里采购必需品了。

外头风雨交加。窗户上有块玻璃碎了，寒意长驱直入。我眼巴巴地望着油灯。

“真希望阿卜杜拉在，”我说，“就能搞定加热器了。”

别看阿卜杜拉傻乎乎的，车开得吓人，在大部分事情上都缺根筋，但他对付那些脾气无常的东西却很拿手，比如煤油灯。他，也只有他能搞定。

麦克上前观察加热器。

科学原理很简单，他说。要他来点亮吗？

我说好的，并递给他一盒火柴。

麦克胸有成竹地开始动手。酒精点燃了，然后是下一步，再下一步。他的手灵巧熟练，清楚地知道自己在做什么。

时间一点点过去了……灯没有燃亮。麦克重新开始点酒精……

过了五分钟，他喃喃自语：

“原理很清楚……”

又过了五分钟，我偷偷瞟了他一眼。他开始变得燥热了，而且底气也不足了。科学原理也好，非科学原理也好，煤油灯反正是和他杠上了。他躺在地板上，和那玩意较着劲。他开始咒骂……

一时间我对他充满怜惜。毕竟，麦克也是人。他被一盏煤油灯击败了！

半小时后马克斯和阿卜杜拉回来了。麦克脸涨得通红，灯还是没有亮。

“啊，让我来，和卓。”阿卜杜拉说着，接过酒精和火柴——两分钟后煤油灯就摇曳着火焰了。阿卜杜拉肯定根本不顾什么科学原理……

“好吧。”麦克的措辞和平时一样含混，不过那一个词意味深长。

当晚晚些时候，外头已是狂风暴雨。阿里斯泰德跑进来说他觉得帐篷要倒了。我们集体冲进雨里。我预感即将目睹野营[1]惨烈的一面。

马克斯、麦克和阿里斯泰德英勇地和大帐篷作斗争。麦克紧紧抱住柱子。

突然间噼啪一声，柱子断了，麦克一头栽进厚厚的黏糊糊的泥浆里。

他挣扎着爬起来，完全失去了人样，语调像常人一样自然：

“该——死——的！”麦克大吼一声，终于现出他人性的一面。

从那晚起麦克真正成了我们的一员！

坏天气过去了，但一天内道路还是太湿，不适合开车。我们冒险去了邻近的几座丘墟，开得很小心。哈姆顿丘墟很有发掘潜质。那是离阿慕达不远的一座大型丘墟，坐落在边境上，铁路从其间穿行而过，因而有一小部分在土耳其境内。

我们等到晴天，一早来到这里，带了些人在丘墟内挖出一条壕沟。他们挖掘的地方很冷，我绕到另一边避风。已经入秋，我坐在丘墟一侧，在外套里缩成一团。

突然，不知从什么地方冒出一个骑手，向着土丘小跑而来。他勒住马，对我说了一串阿拉伯语。除了问候语，我基本上不知他在说什么，于是礼貌地回答说和卓在土堆的另一边。他有些疑惑，又问了我一个问题，而后突然扬起头哈哈大笑起来。

---

① 原文为法语。

“啊，是位可顿！”他说，“好一个误会！我在对一位可顿说话！”他骑马慢跑到土丘的另一边，自嘲着自己的失礼，竟没有一眼认出女士。

好日子结束了。现在常常是阴天了。我们已经完成对丘墟的考察。是时候决定明年春天去哪里了。

有三座丘墟不相上下。地理位置极佳的哈姆顿丘墟；我们一眼相中的恰加尔巴扎尔丘墟；另外还有莫赞丘墟——这是三者之中最大的一座，关键得看罗马层是否太厚了。

三座丘墟都需探查。我们先从莫赞丘墟开始。那附近有个村庄，我们派哈穆迪去游说工人。人们疑虑重重。

“我们不需要钱，”他们说，“今年收成不错。”

这真是一块简单而快乐的土地。唯一要操心的是食物。如果收成好，你就富有。剩下的日子就是悠闲的，一直要悠闲到下一年的耕作播种时节。

“一点点闲钱，”哈穆迪说，犹如伊甸园里的那条蛇，“总是好事。”

他们回答得很干脆：“但我们拿来买什么呢？我们的食物足够吃到下次收成前。”

这时，哎呀，不朽的夏娃就要上场了。狡猾的哈穆迪下了饵。他们可以买首饰给妻子。

妻子们纷纷点头。她们说，这个挖掘工作可是桩好事啊！

男人们还是不情愿。另外还有个问题需要考虑。尊严。对阿拉伯人来说尊严可是很珍贵的。这是不是一件尊贵荣耀的事呢?

眼下只需要干几天活，哈穆迪解释。之后，他们可以再好好考虑到春天。

末了，带着对于这项前所未闻的全新事业的疑虑，一拨有冒险精神的壮汉挺身而出。比较保守的长者则摇摇白胡子。

哈穆迪给了个信号，尖镐和铲子从“玛丽”号上卸下，分发到男人们手上。哈穆迪亲自挖了一下做演示。

在丘墟的不同层挖了三条探测用的沟渠。只听一声“真主保佑!”，铲子落了下去。

莫赞丘墟被忍痛从备选中删除。尽管底下有我们想要的那些年代的文物，上头却有好几层罗马层。发掘出来得花上好几个季节，换句话说，得花更多时间和金钱。

今天我们开车去看老朋友恰加尔巴扎尔。劳动力很快就位了。酋长是个穷人，负债累累。他把这事看成谋利的好机会。

“我的就是你的，兄弟。”他慷慨地对马克斯说，眼中闪着算计的光芒。“土地不用付钱。我有的尽管拿!”

等到马克斯大步爬上土丘时，酋长的头向哈穆迪凑过来。

“不用说，”他暗示，“这位和卓很富有吧!他像传说中用一袋袋金子付工钱的厄尔巴龙一样有钱吗?”

“现在，”哈穆迪说，“不再付金子啦。不过，这位和卓相当慷慨。还有，和卓很可能在这里盖间房——豪华漂亮的房子，会相传久远。这幢‘远征屋’可会给酋长带来不一般的名声呢。

人们会四处传播，外国和卓选择了这个地方造房子挖东西，因为想领受酋长圣洁的恩泽，他是位去过麦加的德高望重的人。”

房子这主意很讨酋长的欢喜。他若有所思地看着土丘。

“我打算在土丘那儿播种的庄稼都损失了。巨大的损失——相当大的损失！”

“不过，”哈穆迪说，“这时候地不该已经犁好，种子不都该播好了吗？”

“有点延迟，”酋长说，“我正准备要干了。”

“你在那里种过庄稼吗？肯定没有！周边都是平原，谁会跑去山上耕种啊？”

酋长坚定地说：“我的损失可惨重了。但算得了什么呢？我乐意牺牲自己，让政府高兴。如果我毁了，又有什么关系呢？”

他欣然回了屋。

一位老妇人牵着一个大约十二岁的男孩向哈穆迪走来。

“和卓有药吗？”

“有，他有些药。”

“他能施舍点药给我的儿子吗？”

“你的儿子怎么了？”

多此一问。一看就是智力不健全。

“他神智不清。”

哈穆迪可惜地摇摇头，说他会问问和卓的。

男人们开始挖壕沟了。哈穆迪、老妇和男孩去找马克斯。

马克斯看看男孩，温和地转向那位老妇。

“这孩子是安拉的旨意，”他说，“我没有药给你的孩子。”

妇人叹着气——我以为她的脸颊淌下了泪水。然后她冷静地说：“那么，和卓，给我一副毒药吧，因为他去了也许更好。”

马克斯说他也不能这么做。

她不解地盯着他，而后愤愤地摇摇头，带着孩子离开了。

我逛到丘顶，麦克正在上面忙着勘察。一个阿拉伯男孩煞有其事地拿着探杆忙活着。麦克依然不愿冒险吐一个阿拉伯词。他比划着自己的想法，但并非每次都能沟通顺利。一直很热心的阿里斯泰德跑过来帮忙。

我环顾四周。北方是土耳其连绵的山脊，闪光处是马尔丁城。西面、南面和东面皆是肥沃的大草原，到春天将是一片碧绿，开满鲜花。大地上遍布丘墟。还有一簇簇褐色的是贝都因人的帐篷。许多丘墟上都有村落，却看不到——他们不过是些土屋。一切都那么宁静，远离人迹和文明。我喜欢恰加尔巴扎尔，希望会选中它。我愿意在这儿建个居所住下。如果我们在哈姆顿发掘，估计要住在阿慕达……哦，别，我就想要这个丘墟。

夜晚降临了。马克斯对收获很满意。我们隔天早上还会来继续测量。他认为除了少量罗马人和穆斯林的墓葬或遭入侵，这座丘墟自公元前十五世纪以来的古迹是完好的。这里有类似阿帕契亚遗址早期的漂亮彩陶，属于典型的哈拉夫文明。

酋长殷勤地护送我们到车前。

“我的就是你的，兄弟，”他又强调，“哪怕我变成穷光蛋！”

“要是在这里挖掘能让您致富，”马克斯礼貌地说，“那我会很开心啊。庄稼有任何损失都会赔偿，这是和法国官方商量好的。你们的人会拿到丰厚的薪水，租地造房子会给租金。而且，每个季度末我个人会给您一份厚礼。”

“啊！”酋长心情颇好，高声说道，“我什么都不需要。兄弟间讲什么报酬呢？”

听了这番无私的声明，我们出发了。

在哈姆顿丘墟度过了寒冷萧瑟的两天。收获相当不错，但可惜这座丘墟有部分在土耳其境内。最终的归属还是恰加尔巴扎尔，且考虑下一季同时发掘布拉克丘墟。

现在仅剩春季的安排了。要在恰加尔找一处合适的地方建房子；在等房子造起来的同时，要在阿慕达租一间房子；要和酋长拟定合同；最紧急的是，在哈塞彻还有张汇票等着我们领取，不能耽搁，以防干谷被淹道路阻塞。

哈穆迪最近为了我们的“名声”，在阿慕达花钱相当大手大脚。花钱对阿拉伯人来说似乎直接关乎荣誉——比如在咖啡馆取悦当地有名望的人。出手小气是很没面子的。可在其他方面哈穆迪小气得不近人情，他把送牛奶的老妇和洗衣老妇的报酬压得不能再低了。

尽管已经阴云密布，还下起了毛毛雨，马克斯和我还是抱着乐观的态度坐上“玛丽”号去哈塞彻。一路顺利，没费周折，但抵达后雨下大了，我们不知还回不回得去。

我们到邮局时局长外出了，这叫我们很绝望。没有人知道他在哪里，只好派了几个男孩去四处找他。

雨下得更猛了。马克斯很担心，说我们要是不赶快出发的话就回不去了。雨一直下，我们等得心急火燎。

突然邮局局长出现了，他拎着篮鸡蛋，闲庭信步过来。

见到我们，他又开心又惊喜，连忙问候。马克斯略过客套话，直截了当说了正事。不然我们就回不去了，他说。

“那刚好啊，”局长说，“老天留你们在这里待上几天，我个人很欢迎。哈塞彻是个讨人喜欢的镇子。就住上一阵呗。”他好客地怂恿我们。

马克斯重申了他的迫切需求。邮局局长慢吞吞地打开抽屉，漫不经心地找了起来，一边还在怂恿我们待得久些。

奇怪，他说，找不到那个重要的信封了。他记得送来时还自言自语说：“和卓到时会来拿的。”于是他将它放在安全处，可是这安全处在哪儿呢？一位职员过来帮忙一起找。最后，信件找到了，我们照例又一道道办起现金兑换手续。和以前一样，要从市场筹现。

雨还在下！我们的目的终于达成。马克斯备了面包和巧克力，以防在途中万一耽搁一两晚。我们重又坐上了“玛丽”号，全速前进。第一条沟谷顺利克服了，而到了第二条前，我们目睹了不祥的一幕。

邮政车陷在里头，后边排了一队车。

所有人都在沟里，有的挖着，有的调整木板，有的叫喊着打气。

马克斯绝望地说："我们得在这儿过夜了。"

想想就叫人毛骨悚然。我有几次身处沙漠，在汽车里过夜的经历，毫不愉悦。晚上打着寒颤醒来，周身疼痛。

不过这次我们很走运。邮政车咆哮着冲过去了，其他车跟上，我们跟在最后。时机刚刚好，身后的水位迅速上升了。

我们回阿慕达的一路惊心动魄，车一直在打滑。尽管轮胎上绑了链条，起码有两次"玛丽"号打滑了半圈，正好对着哈塞彻方向。连续打滑叫人产生奇怪的感觉。坚实的土地不再坚实，倒像是个虚幻的噩梦。

我们抵达时已经天黑了，大家打着灯笼奔出来，欢呼着迎接我们。我跌出"玛丽"号，摇摇晃晃地向房门走去。泥浆裹在脚上像一大摊煎饼，重得抬不起腿。

没人想到我们能回得来，祝贺声和"感谢真主"的欢呼此起彼伏。

脚上的"煎饼"叫我大笑起来。这一切犹如梦境。

哈穆迪也笑了，对麦克说："可顿和我们在一起真好。什么事儿都能让她大笑！"

万事俱全。马克斯、酋长和负责这个地区特别事务[①]的法国军官进行了严肃的会面。土地的租约，补偿，每方的义务都

---

① 原文为法语。

白纸黑字谈妥了。酋长一会儿说他的一切都是马克斯的，一会儿又暗示价值一千英镑的黄金是合适的报酬！

这个做着发财梦的人终于失望地离开了。不过合约中有一条让他得了些安慰，为考察队造的房子等到考察结束会归他所有。他的眼睛发亮了，染成红色的大胡子满意地摇晃着。

“老实人。”① 酋长终于离去后，法国中尉说。他耸耸肩膀："他和其他人一样穷！”②

我们最近才发现租借阿慕达房子的事宜被复杂化了。房子并非像我们以为的那样是独幢，而是六幢！而且住着十一户人家，这让事情更复杂了！亚美尼亚牧师仅是各家主人的代言！

最终达成了一致。在限期内“房子”将会撤空，内部粉刷两遍！

现在一切都停当了，只需安排回海边的行程。我们准备取道拉斯艾因和杰拉布鲁斯抵达阿勒颇。总的路程大约两百英里，前半程需要跨越许多小沟壕，运气好的话两天可以到达。不过已经进入十二月了，天气很快就会变糟。可顿会怎么安排呢？

可顿厚脸皮地决定坐火车。于是出租车带我到了一个陌生的小站台。不一会儿，一节神气的蓝色卧铺车跟在巨大的喷气引擎后出现了。穿着巧克力色制服的售票员探出身子，接过夫人的行李，夫人则被拉了一把，登上高高的台阶。

“我觉得你很明智，”马克斯说，“开始下雨了。”

我们都喊起来：“阿勒颇见！”火车启动了！我跟着售票员

①② 原文为法语。

穿过走廊，他推开我的车厢门，并铺好了床。

好了，回到文明世界了。露营[1]结束了。售票员拿了我的护照，递给我一瓶矿泉水，说："明天早晨六点到达阿勒颇。晚安，夫人。"[2]

我像是坐在从巴黎去里维耶拉的火车上！

在这种荒郊野外还能坐上火车，真是稀罕啊。

阿勒颇！

购物！沐浴！用香波洗头发！会朋友！

马克斯和麦克三天后出现了，浑身泥浆，还带着路上打的鸨，我怀着重新安于物欲世界的优越感迎接了他们。

天气恶劣，他们一路险情重重。我很庆幸自己选择了坦途。

厨子拿了报酬后，索要一份推荐他做司机的推荐信。马克斯为防做假，让厨子开着"玛丽"号在院子里跑了一通。

以萨跳上驾驶座，发动了车，挂了倒车挡，重重地撞上院墙，院墙被敲下了一大块。马克斯拒绝做推荐人，他难受极了！最后推荐信是这么写的：以萨为我们做了三个月厨师，并且在汽车相关事务上提供了帮助！

到了贝鲁特，与麦克暂别。我们在埃及过冬。麦克则要去巴勒斯坦。

---

①② 原文为法语。

第四章
相约恰加尔巴扎尔

我们再回到贝鲁特时已经开春。第一眼就见到在码头迎接我们的麦克，但他完全变了一个样。

他笑得合不拢嘴！不用说，他见到我们很高兴！之前我们都不清楚麦克到底喜不喜欢我们。他的情感藏匿在礼貌镇静的面具之下，而和朋友的团圆一刻揭开了这张面具。我无法形容个中温暖！从这一刻起麦克和我之间的隔阂感消失了。我甚至问起他是否还坐在格子毯上写日记。

“当然。”麦克有点吃惊。

我们从贝鲁特向阿勒颇进发，常规的采购结束了。“玛丽”号的司机已安排好——这次并非那位“节俭”人士从岸边接应我们，而是一位高高的愁容满面的亚美尼亚人，他抱了一堆认可他人品和能力的推荐信。他有过一段为德国工程师工作的经历。初看起来，他主要的缺点是说话声音又高又刺耳。不过和少根筋的阿卜杜拉相比，他要好许多。我们想再带上阿里斯泰德，打听到他现在正自豪地从事着“公共服务”。他正在代尔祖尔开洒水车!

重大的日子到了，我们分两批向阿慕达进发。哈穆迪和麦克搭“玛丽”号（现在脱下了皇家光环，因为刷了层清亮的蓝漆，叫做“蓝色丽人”）先行，确保在我们到达前一切就绪。马克斯和我搭乘火车去卡米什利，在那儿花了一天时间和法国军方处理必要的事务。我们离开卡米什利往阿慕达赶的时候，大约四点了。

我们到达时发现，一切都没按计划走。气氛有点混乱，充斥着抱怨和控诉，哈穆迪表现得心慌意乱，麦克则隐忍着。

很快，我们了解了情况。

哈穆迪和麦克前一天到达时发现，我们租下的房子在限期内并没撤空、清理、粉刷。都超过一礼拜了，完全没有任何动静，脏得要命不说，还住着七户亚美尼亚人!

他们在二十四小时内竭尽了全力，结果却并不乐观。

哈穆迪已掌握了第一要领是安抚可顿。他拼了命地腾了一间房，遣散亚美尼亚人和他们的牲畜，为马克斯和我搭好了两张行军床。房子的其余部分依旧乱成一团，哈穆迪和麦克前晚过得也并不舒坦。

一切都会好的，哈穆迪和我们保证，笑容依然无法抵挡。

亚美尼亚家庭和他们的代言牧师唇枪舌战起来，这与我们无关，马克斯怂恿他们去外面找个地方好好吵!

女人、孩子、鸡、猫、狗——抽泣着，哭叫着，尖叫着，大喊着，谩骂着，祷告着，大笑着，喵喵，咯咯，汪汪——慢慢离开了院子，俨然一出歌剧的奇幻落幕！

我们推测，人人都参与了这场出卖大戏！经济纠纷一团乱麻，兄弟、姐妹、妯娌、表亲和曾祖父母之间的恩怨点燃，个中错杂，实在难解。

混乱之中，我们的厨师（叫做德米特里的新厨师）沉着地备好了晚餐。我们津津有味地吃起来，然后拖着筋疲力竭的身子上床休息了。

上床——但不能休息！我对老鼠从来不大惊小怪——卧室里有一两只老鼠对我来说根本无所谓。一度我甚至挺喜欢一只老鼠，管这位持之以恒的侵入者叫做亲爱的艾尔茜（虽然不知其性别）。

然而我们在阿慕达的第一夜依然叫我永生难忘。

灯刚灭，老鼠便成群结队——我肯定它们有几百只——从墙壁和地板的洞里涌出来。它们兴高采烈地跑在我们床上，边跑边吱吱叫。老鼠从我脸上跑过，老鼠扯着我的头发——老鼠！老鼠！老鼠！……

我打开手电。太恐怖了！墙上密布着奇怪的、苍白的、爬行着的、蟑螂一般的生物！一只老鼠坐在我床尾捯饬着它的胡须。

到处都爬满了可怕的生物！

马克斯想安抚我。

睡吧，他说，睡着了，这些东西就不会烦你了。

绝妙的主意，做起来可不容易！老鼠们在你身上运动嬉戏，入睡几乎是不可能的事！至少我做不到。马克斯似乎游刃有余！

我努力适应着。倒是睡着了一小会儿，但跑在我脸上的小爪子弄醒了我。我点了灯。蟑螂更多了，还有一只大黑蜘蛛正从天花板向我降落下来！

长夜漫漫，说出来不好意思，到凌晨两点我已经歇斯底里了。我发誓天一亮就去卡米什利等火车直接回阿勒颇！然后从阿勒颇直接回英国！我忍受不了这种生活！我不要忍受了！我要回家！

马克斯见此情形，使出高明的一招。他起床，开门，召唤哈穆迪。

五分钟后，我们的床被拖到了院子里。我躺下来，望着宁静的星空。空气凉飕飕，甜丝丝的。我睡着了。马克斯也该松了一口气吧。

“你不是真的要回阿勒颇吧？”次日早晨，马克斯焦虑地问。

想到自己歇斯底里的作为，我有点脸红。不是，我说，我不是真的要回去。但我要继续睡在院子里！

哈穆迪安慰我说一切都会好的。卧室里的洞会用石膏封起来。墙面会再刷几遍。还有，会养一只猫，已经去借了。那可是只超级猫——超级专业的猫。

我问麦克，他和哈穆迪抵达的当晚到底过得怎样，他身上有没有东西跑来跑去。

“应该有吧，”麦克和往常一样冷静，“不过我睡着了。”

不可思议的麦克！

晚餐时，我们的猫到了。这只猫真叫我永生难忘！就像哈穆迪宣称的那样，它是只超级专业的猫。它清楚自己的职责，而且以极其专业的态度履行之。

我们用餐时，它蹲伏在一个整理盒后。我们一说话，或一走动，或一发出大动静，它就给我们使一个不耐烦的眼色。

“我得请求你们，”那神情仿佛在说，“安静一点。不配合我怎么能完成工作？”

猫咪神情如此严肃，我们立刻遵从，压低声音说话，吃饭时尽可能不让杯碗叮咚作响。

餐间老鼠穿过地板五次，猫咪弹跳起五次。风卷残云。没有西式的嬉戏，不玩弄俘虏。猫咪利落地咬下老鼠的头，咯吱咯吱吃掉，继续守候下一只！完全不拖泥带水，叫人毛骨悚然。

猫咪和我们待了五天。五天后没有老鼠出现了。猫于是离开了——老鼠再也没有回来。我之前之后都没见过这样专业的猫。它对我们毫无兴趣，不索要牛奶或其他食物。它冷酷，娴熟，无情。真是只会抓老鼠的好猫！

终于安顿下来了。墙壁粉刷过了，窗台和门漆过了，一位木匠带着四个儿子在院子里驻扎下来，根据吩咐打造家具。

“桌子，”马克斯说，“首要就是桌子！桌子不嫌多。”

我提了个请求，要一个带抽屉的柜子，马克斯很体贴地许了我一个带挂钩的衣橱。

木匠做了一个又一个桌子。几张陈列陶器的桌子，麦克的绘图桌，用餐的桌子，放我打字机的桌子……

麦克画了个毛巾架，木匠们便着手做起来。老木匠将成品自豪地搬进我的房间。看样子和麦克画的有点不一样。木匠放下它后，我发现它的脚座大得惊人。巨大的涡形脚座向外伸着，一不小心就会绊到。

去问问他，我对马克斯说，为什么要做这样的脚，不按图纸做呢？

老木匠威严地看着我们。

“我故意做成这样的，”他说，“这样才好看。我做的是艺术品！”

艺术家的言论叫人无以言对。我只好认命，以后天天低着头穿越那些可怕的脚座！

在院子一角，几个泥瓦匠在用土砖为我砌一间厕所。

当天晚餐时我问麦克他的第一件建筑是什么。

“我的第一件真正的作品，”他回答，“是你的厕所！”

他闷闷不乐地叹了口气，我很同情他。我担心此事留给麦克的记忆并不美好。

年轻设计师初出茅庐的梦想可不该起步于老板夫人的厕所。

今天勒波瓦德上尉和两位修女来喝茶。我们在村口迎接了他们，领他们回到住所。大门口骄傲地放着木匠的最新作品：我的坐便器！

我们对房子做了规划。第一夜睡的房间到晚上依然饱受蟑螂折磨，现在成了绘图室。麦克可以在这里独立工作，不受人事干扰。他无论如何也不会受蟑螂影响！

隔壁是餐室。再过去是文物室，用来存放我们的发现物，修补陶器，对各种文物进行分类再贴上标签。（满满都是桌子！）然后是一间办公室兼起居室，安放着我的打字机和折叠式躺椅。在原先的牧师的房子里有三间卧室——没有老鼠（谢谢我们的猫），没有蟑螂（感谢厚厚的涂料），不幸的是，逃不脱虱子的魔爪！

我们没少遭虱子的罪。虱子的生命力似乎受了神佑。奇丁菲利牌也好，其他牌子的杀虱剂也好，都没能消灭它们。往床上涂煤焦油反而激发了虱子更猛烈的运动。我向麦克解释，可怕的倒不是虱子的叮咬——而是它们的精力，它们无休止地绕着人腰部的弹跳比赛，叫人筋疲力竭。虱子们在腰间不间歇地运动，实在叫人难以入睡。

马克斯没比我少遭虱子的罪。有一天我在他的睡衣腰带上消灭了一百零七个虱子。他说，他觉得虱子相当耗人精力。看样子我只是遇到了流浪的虱子——那些没能在马克斯身上找到居所的。我的虱子是次等的，二流的，跳不高的！

麦克似乎不受虱子困扰。好不公平。它们显然不喜欢他这块运动场！

生活现在步入轨道了。马克斯每天破晓出发去土丘。大部分时间我会跟他去，偶尔我留下来处理其他事情，像是修补陶器等物件，贴标签，有时用打字机写作。麦克一周在家待两天，在绘图室忙活。

我有时会去丘上，一待便是漫长的一天；天气好的话不会感觉太漫长。太阳没升起时凉飕飕的，一旦太阳出来就暖和而惬意了。到处都冒着花儿，多是小朵的红色银莲花——这是我随便管它们叫的名字——正确的叫法我想是毛茛。

马克斯从哈穆迪的家乡杰拉布鲁斯带回一队人作为骨干。哈穆迪的两个儿子结束了乌尔的一季活后和我们会合了。大儿子耶希亚高高的，笑起来嘴巴一咧，很灿烂，像一条友善的狗。小儿子安拉维很帅气，也更聪明；不过他脾气暴躁，火气说来就来。一位年长些的表亲阿布迪·萨拉姆也来当工头。哈穆迪帮助我们开工后就准备回家了。

从杰拉布鲁斯来的新人一旦就位，工地上就急着招人。酋长村子的人已经上工，从邻村来的人也陆续到来。库尔德人，土耳其边境来的人，一些亚美尼亚人和少数雅兹迪人（被称作崇拜魔鬼的人）。这些雅兹迪人性情温和，有些忧郁，容易受欺负。

制度很简单。男人们分成不同小组。有挖掘经验，以及看样子聪明、学东西快的被选为挖掘工。成年人、少年和小孩待遇相同。除此之外，还有（东方人心爱的）小费。即每样发现都另有小额报酬。

每个组里的挖掘工找到文物的机会最高。当他被分配到土地后，便拿一把尖镐开工。跟在他身后的是铲工，铲子将土铲进篮子。然后三四个“篮子小工”抬着篮子去一个指定的倾倒点。他们把土倒出来，扒拉开来看有没有之前遗漏的东西。这些小男孩年纪虽小，眼睛很尖，常常能找到小护身符和念珠换得不错的报酬。他们将发现的东西收藏在褴褛的衣物一角，等到一天结束时提交。他们会得到马克斯“留下或扔掉”的答复，这样东西的命运就定了。当然这是针对小物件：护身符、陶器碎片、念珠等。要是发现了一组陶器、骨头，或砖泥墙痕迹时，负责的工头就会召唤马克斯，接下来的挖掘就得格外小心了。马克斯和麦克在陶器组或匕首等发现物的周围小心翼翼地刮扫，他们用刀清掉泥土，吹走散灰。文物挪动前先拍照留档，并在笔记本上画下草图。

识土寻踪也是门需要专家动手技术活。工头通常自己带着尖镐，小心地跟寻着泥砖的走向。一个无经验但聪明的脑袋很快就能掌握个中秘笈，过不了一会儿就能听到他胸有成竹地边挖边说：“哈达哈里本。”（这是泥砖。）

总的来说，我们的亚美尼亚工人最聪明。他们的缺点是太会挑逗人的脾性，总能激怒库尔德人和阿拉伯人。争吵几乎是无休止的。工人们个个脾气暴躁，而且各有各的表达方式：大刀、大头棒，还有一种锤子或是圆头棒一样的东西！争吵凶猛时往往扭打成一片，搞得头破血流。麦克则大声宣布挖掘规则：“凡打架者都要罚款！恩怨在下工后了结。干活时不许打架。工作时我是你们的父亲，父亲说什么就得照着做！我也不会听任何争吵的原因，听了也不会另作处理！打架双方罚款均等。”

工人们听着，纷纷点头。“没错。他是我们的父亲！不应该打架，不然破坏了重要的东西。”

然而，争斗还是会发生。一个人由于屡次打架被解雇了。

这并不意味着终生解雇。一个工人通常只被解雇一两天，即便被彻底解雇，薪酬日一过就会重新露脸，被派做下一轮任务。

经过几次试验，决定每过十天左右发一次薪水。有些人来自很远的村庄，随身还带着粮食（一袋面粉和一些洋葱），通常没到十天就吃光了。既然没口粮了，那位仁兄便要求回家。我们发现最大的损失是人们不照常工作了。一旦拿了钱，他们便会走人。“我现在有钱了。为什么还要继续干活？我要回家了。”两周后，钱花得差不多了，那位仁兄回来要求继续干活。这挺叫我们恼火的，一队习惯一起干活的人的效率要比新组合高多了。

法国人自有对付这种陋习的方法。他们在造铁路时也遇到过这个大麻烦，于是始终只发一半薪水，以保证工程持续进行。中尉建议马克斯采取这个手段，但我们商量后决定不采纳，马克斯觉得这样不公平。工人们干了活，有资格领到全额薪水。于是我们便得忍受工人们的来来往往。支付账簿不断地修改，加大了不少工作量。

我们六点半到达土丘，八点半休工吃早餐，吃的是煮鸡蛋和几片阿拉伯面包。迈克尔（司机）煮好了热茶，我们坐在丘顶，捧着搪瓷杯喝着茶。阳光温暖宜人，大地在晨光的照耀下楚楚动人。北边是蓝色的土耳其山脉，满山遍野都冒着小花，有红色的、黄色的。空气甜丝丝的。生命的美好莫过于此。工头们快乐地咧嘴笑着，小孩子赶着牛过来，羞答答地看着我们。他们穿得破烂不堪，笑起来洁白的牙齿闪闪发光。他们看上去是多么快乐，就像古老的童话故事里写的：漫步山野，牧放牛群，小憩片刻，纵声歌唱。

与此同时，欧陆大地上所谓的幸运的孩子们正挤在远离清风的教室里，守着长凳和书桌，和字母表较着劲，听着老师讲课，写字写到手抽筋。我在想一百年后，我们会不会以震惊的口吻说："那时候他们还让可怜的小孩子上学，坐在课桌前好几个小时！想想就很可怕！小孩子！"

遥想着这般情景，我对一个前额有刺青的小女孩笑笑，给了她一枚煮鸡蛋。

她惊慌地摇摇头，匆匆走开了。我觉得自己太冒失了。

工头吹响了哨子，下半场继续。我漫步在土丘上，时不时地在各个作业点停一停。有意思的文物出土时，总希望自己也在现场。可从未如愿！我靠在折叠座手杖上，在穆罕默德·哈桑和他的团队边上满怀希望地观看了二十分钟后，去了以萨·达奥那儿。晚些我得知，我前脚刚离开，他们就有了当天的最大发现：一个雕刻着图案的漂亮陶器。

我还另有任务：留心观察篮子小工。一些比较懒惰的小工拿着篮子去倾倒点，磨蹭好久才回来。他们坐在阳光下，分拨着篮子里的土，这样一坐往往就是一刻钟！有几个更放肆，索性蜷卧在垃圾堆上，美美地睡上一觉！

快到周末时，我这位密探报告了我的发现。

“戴黄色头饰、年纪很小的小工是最棒的，他一分钟也没怠慢过。我建议解雇萨拉·哈桑，他老是在垃圾堆上睡觉。阿卜杜勒·阿齐兹有点偷工减料，穿着蓝色破衣服的那个也是。”

马克斯觉得萨拉·哈桑确实不像样，不过觉得阿卜杜勒·阿齐兹眼睛很尖，从来不会漏掉什么。

上午只要马克斯间或出现时，人们便装腔作势地卖力起来。每个人都高呼“亚拉！”[①]，喊着，唱着，舞着；篮子小工气喘吁吁地在倾倒点来回，将手中的空篮子投到空中，喊着，笑着。等马克斯走了，一切都慢了下来，甚至比之前更慢。

工头们吼了几声激励人的“亚拉！”和一套训讽话，说多了，也就成为了无意义的程式。

“动作这么慢，你是老太婆吗？不是男人吗？怎么这么慢！跟头累垮的牛一样！”诸如此类。

我离开挖掘现场，踱步到土丘的另一侧。我坐在花丛中，眺望北方蓝色的山脊，渐入无人之境。一群女子从远处走来。

---

① 阿拉伯语的真主。

从她们身上鲜艳的色彩便知她们是库尔德人。她们一路挖着某种植物的根，并摘下叶子。

她们望见我，径直向我走来，围着我坐成了一圈。

库尔德女人又快活又美丽。她们衣着鲜亮，裹着鲜艳的橙色头巾，衣服则是绿色、紫色、黄色的。她们的脖子挺得直直的，身材高挑，头微微后仰，看上去有点高傲。她们有着古铜色的肌肤，五官端正，两颊微红，眼睛通常是蓝色的。

库尔德男人都长得酷似我小时候在育音堂见到的基奇纳勋爵的彩色画像：砖红色的脸，棕色大胡子，蓝眼睛，凶猛好战的外表。

这里库尔德人和阿拉伯人的村子数量相当。他们过着一样的生活，信奉同一种宗教，但你绝不会将库尔德女子错认为阿拉伯女子。阿拉伯女子必定谦逊而羞怯，同她们说话时她们会将脸转向一侧；她们要是看你，一定离得很远。她们笑起来羞答答的，脸背过半边。她们清一色穿黑色或深色。没一个阿拉伯女人会主动去和男人说话！库尔德女人则确信自己和男人一样好，甚至更好！她们跑出自家的房子，和男人们一个个开玩笑，整天都嘻嘻哈哈的。丈夫们只有受欺负的份。杰拉布鲁斯来的工人们大为震惊。

“我从没听说过，”其中一个惊呼，“一个体面的女人这样对待她的丈夫！我真不知道该说什么。”

这天上午，库尔德女人们毫无顾虑表现出对我的兴趣，她们打量着我，互相交换着粗鄙的评论。她们很友好，向我点头示礼，继而哈哈大笑；问了些问题，接着拍拍嘴唇，边摇头边叹气。

她们仿佛在说：“我们听不懂彼此，好可惜啊！”她们拿起我裙子的一角，饶有兴趣地打量着，又捏捏我的袖子。她们指指土丘上面。你是和卓的女人吗？我点头。她们又一连问了更多问题，等意识到得不到回答，便一笑置之。无疑她们想知道关于我的孩子们和我的小产的一切！

她们又试着向我解释采来的草本的用途。啊，还是听不懂！

又爆发了一阵大笑。她们放弃了，微笑着点点头，说说笑笑地走了。她们像是大朵快活的彩色花……

她们住在土屋里，全部财产也许只有几只陶罐，然而她们并没有强颜欢笑。她们待生活颇有点拉伯雷①的风格。她们美丽快活，精力旺盛。

我的阿拉伯小女孩赶着牛经过了。她羞涩地朝我一笑，立马挪开了目光。

远处工头的哨子声又响起了。收工！十二点半了，午休一小时。

我折回去，和马克斯及麦克碰头。迈克尔摆开德米特里准备的午餐。我们有冷羊肉、煮鸡蛋、阿拉伯面包，以及奶酪。

---

① 拉伯雷（1494—1553），文艺复兴时期法国最杰出的人文主义作家之一。著有长篇小说《巨人传》。

马克斯和麦克吃的是当地的羊奶酪，味道浓烈，乳灰色，微微长毛。我吃的是再制的格鲁耶尔综合干酪，用锡纸包好放在圆形纸板盒里的。马克斯轻蔑地看了它一眼。主食吃完后，还吃了柑橘，用搪瓷杯喝了热茶。

午餐后我们去看房子的选址。

这地方位于土丘的西南面，离村子和酋长的家大约一百码。轮廓线已画好，我有点担心房间太小。麦克乐了，解释说那是周边地域开阔的反差效果。这幢房子会建一个中央穹顶，正中是一大间起居室兼工作室，每侧各有两个房间。厨房区域是分离的。如果挖掘期延长，我们有需要的话，可以在主建筑上扩建。

我们要在房子附近掘口井，这样便不必再依赖酋长的井了。马克斯选好了掘井点，回去工作了。

我多留了会儿，看着麦克用手势、摇头、口哨——除了语言之外的一切手段把事情做完！

大约四点钟，马克斯开始巡视各个小队，给工人们小费。他每到一个小队前，工人们就停下来粗粗地排下队，上交当天的发现物。一个小运土工自作主张，用口水擦干净了他的所获！

马克斯打开大簿子，开始正事。

“考斯莫基？”（挖掘工？）

“哈桑·穆罕默德。”

哈桑·穆罕默德有什么好货？半个破损的大陶罐，一堆陶器碎片，一把骨刀，一两片铜。

马克斯将这些东西兜底翻了遍，果断扔掉了一些被寄予厚望的垃圾品，将骨器放进迈克尔揣着的一个小盒子，珠子放在另一个盒子里。陶器的碎片全装到一个大篮子里，由一个小男孩拿着。

马克斯公布价格：两便士半或可能四便士，在簿子上写下。哈桑·穆罕默德重复了一遍数字，记在脑袋里。

到了周末，我们得处理一堆复杂的算术题。每天的小费要计算总额，加上周薪后一次付清。工人们通常都清楚自己该拿多少！有时他会说，“不够数——应该还有两便士”，或者“你付得太多了，我应该少拿四便士”。他们很少出错。由于名字相似，偶尔也会有犯错的时候。通常会有三四个达奥·穆罕默德，要进一步区分为达奥·穆罕默德·伊卜拉罕姆，或是达奥·穆罕默德·萨利曼。

马克斯继续验收一个工人的收获。

“名字？”

“阿基米德·穆罕默德。”

阿基米德·穆罕默德没太多东西。严格来说他没有任何我们想要的东西，但无论多少都得给予鼓励，于是马克斯挑了几片陶器碎片扔进篮子，报了几个法辛[1]。

下面轮到小运土工们。伊卜拉罕姆有件东西乍一看很有意思，不过只可惜是一块有雕刻的阿拉伯烟管的碎片。但小阿卜

---

① 法辛，英国的小铜币，值 1/4 便士，1961 年作废。

杜勒·吉哈尔迟疑地掏出了些小珠子和另一件东西——一枚圆柱形印章，毫发无损，而且年代也够久，真是件好东西。马克斯立刻收了下来。小阿卜杜勒受到了表扬，名下记了五法郎。人们兴奋地窃窃私语起来。

毋庸置疑，对于好赌的工人而言，这行当最迷人的一点正是它的不确定性。运气的不公实在叫人惊讶。有时，发掘一块新地时马克斯会说："我要把易卜拉欣和他的人放在外墙；他们近来发现了超多东西。可怜的老瑞内·乔治最近运气不好。我要把他放在一个好位置上。"

但瞧瞧，易卜拉欣在他的地盘，哪怕是当年古城最穷的房子，马上就能发现一个陶器的藏身所。陶罐里有一堆金耳环——可能是当年给女儿的嫁妆——易卜拉欣的小费也就高了；而瑞内·乔治挖掘的是墓葬区，按理说会有丰富的文物，却收获鲜少。

拿了小费的工人散漫地回去干活了。马克斯把账清到最后一队。

这会是日落前半小时。哨子吹响了。每个人都在喊："收工！收工！"他们将篮子抛向空中，再接住，又喊又笑地奔下山坡。

一天的工作结束了。从两三英里外的村子来的人开始步行回家。我们将装在篮子和盒子里的文物带下山，安放在"玛丽"号上。几个和我们同路的工人就攀上"玛丽"号的车顶。我们出发回家。又过了一天了。

巧的是，我们的掘井点恰好是一口古井所在的位置。几天后当马克斯从丘上下来时，五位大胡子绅士神情庄严地在迎候他。

他们道来缘由，说他们来自很远的村子，缺水。和卓知道那些罗马水井隐藏的地方。如果他能指引他们水井的位置，他们将不胜感激。

马克斯说我们挖到古井纯属巧合。

这些神情严肃的绅士们礼貌地笑笑，但并不相信。

“你有大智慧，和卓，这是众所周知的。古代的秘密在你面前是一本打开的书。古城在什么地方，古井在什么地方，你了如指掌。为我们指点一下吧，定有天赐福泽。”

马克斯的辩解没人相信。他反而被认为是个藏着秘密的巫师。他们窃窃私语说，他知道，就是不说。

“我真希望我们没撞见那口可恶的罗马井，”马克斯有些不悦，“这下麻烦不断了。”

等到要给工人发工钱时，事情变得更复杂了。官方货币是法国法郎。但在这块地方土耳其美济迪已用了许久，保守的居民不喜欢其他货币。市场还是以这种货币交易，尽管银行并不认可。我们的工人坚持只收美济迪。

于是，迈克尔被派去市场，将从银行取得的官方货币换成不合法却在当地“通用”① 的货币。

---

① 原文为法语。

美济迪是一种又大又重的货币。迈克尔摇摇晃晃地提着钱回来了，手里袋里都满满当当！他将钱一股脑儿倒在桌上。它们全都脏兮兮的，闻起来有股大蒜味！

把这些美济迪发掉的前几个晚上真是一场噩梦，大蒜味差点叫我们窒息！

迈克尔在许多方面都很有才能。他诚实、守时，而且相当细心。尽管不能读写，却能把最复杂的账目记在心里，从市场带着一堆采购的东西回来，有时多达三十样，每样的价格都精确地报出，然后分文不少地放下找头。他在算术上从没犯过半点错。

可另一方面，他又蛮横，和所有穆斯林都会发生激烈的口角，相当顽固，而且对机器毫不客气。"加油啊！"他说，眼里闪着光，话音刚落，便听到不祥的啪嗒声。

更糟的是他过分的节约。没人喜欢他买来的腐烂的香蕉和干枯的柑橘，这叫他很懊恼。"就没有好的吗？""有，不过更贵。这些比较划算。"

真是个伟大的词——划算！可不能把钱白白浪费了。

迈克尔的第三个口号是"萨维布罗巴"（试试看）。

他以各种语调说出这个口号——憧憬的，哄骗的，渴望的，自信的，有时是绝望的。

结果总是令人失望。

洗衣工迟迟未将我的棉裙衫送来，我只好壮胆穿上了帝国建造者夫人的山东绸套装，之前我一直没有勇气穿它。

马克斯看了我一眼。

“你这穿的是什么？”

我辩解说这衣服好看又凉爽。

“你不能穿那个，”马克斯说，“去换掉吧。”

“我当然能穿。我买的。”

“太丑了。你看着像浦那①来的无礼的夫人！”

我确实担心会有这样的效果。

马克斯怂恿我：“穿那件有哈拉夫遗址连续菱形纹②的绿色皮衣吧。”

我不想顺着他：“我希望你别用陶器术语来形容我的衣服。那是青柠色的！连续菱形纹听着太恶心了——好像小孩子舔了一半扔在村头小店柜台上的玩意。你怎么能想到这个说法的！”

“你想象力太丰富了，”马克斯说，“连续菱形纹可是很有魅力的哈拉夫遗址花纹。”

他在纸上为我花下这种花纹样式，我说样式本身相当漂亮，令人反感的是你描述的方式。

马克斯遗憾地看着我，摇了摇头。

我们经过罕泽尔村时，听到以下的对话。

---

① 印度西部城市。

② 原文 lozenge 也有“止咳糖”之意。

“这些是什么人？”

“他们是来挖地的外国人。”

一位老者严肃地将我们上下打量一番。

“他们真好看，”他感叹，“很有钱吧！”

一位老妇人急急忙忙跑来找马克斯。

“和卓！发发慈悲，为我儿子说说情吧。他被带去了大马士革——关进了监狱。他是个好人，他没干过坏事——什么都没干，我发誓！”

“那他为什么被抓走呢？”

“没有原因。真冤枉啊。请救救他吧。”

“他究竟做过什么，老太太？”

“什么都没做。我向真主发誓。在真主面前句句真话！他真的什么都没做，不过杀了个人！”

又发生了件令人不安的事。三个杰拉布鲁斯来的工人病倒了。他们在恰加尔巴扎尔的帐篷里躺着，其他人都不敢接近。这就麻烦了，没人拿给他们食物和水。

对疾病的避讳很奇怪。不过在一个轻视生命的社群里，每件事看上去都很奇怪。

“不拿东西给他们吃的话，他们会饿死的。”马克斯说。

工友们耸耸肩膀。

“*印沙安拉*，听天由命。”

工头尽管很不情愿，还是想表现出他们是开化的，勉强提供了些服务。马克斯委婉地提起去医院的问题。他可以和法国官方通融，安排两个重病号去医院。

耶希亚和安拉维疑虑重重地摇摇头。去医院太丢面子，因为在医院里会发生丢面子的事。与其丢面子，不如翘辫子。

我胡乱地猜测是误诊还是疏忽。“发生过什么丢面子的事呢？”我问。

马克斯继续问个究竟。一连串听得我云里雾里的问答后，他转过来解释。

一个男人去医院后被灌肠了。

“哦。”我应了一声，等着故事进一步发展。

马克斯说他说完了。

“那人死了吗？”

“没有，不过他宁愿去死。”

“什么？”我不敢相信。

马克斯说就是这样。那人回到村子，越想越委屈。太侮辱人了！还不如死了呢。

我们对生命至上的价值观习以为常，很难接受另一种尺度。可在东方人看来这再简单不过了。死亡是注定的——和出生一样不由掌控；来早来晚完全取决于安拉。这种信念，这种默许消解了现今世界的祸源——焦虑。挣脱欲望也许无道，摆脱恐惧却定有其道。闲散是一种福分，是自然的状态；工作则是违背自然的生存需要。

我想起在波斯遇见的一位老乞丐。他留着白胡子，气质高贵。他张开双手骄傲地说：

“请施舍一份慷慨吧，大人。我或因此远离死亡。”

两个病人的病情恶化了。马克斯去卡米什利向法国司令官求援。军官们友好热心，他们介绍马克斯认识了法国军医。军医和他一起回到丘上，给病人做了检查。

他确诊了两个人的病情。其中一个来到我们这里时应该已经病得不轻了，恢复估计无望。他建议两个病人入院治疗。病人们被劝说立刻搭车前往。

法国医生还很体贴地给了我们强劲的泻药，他向我们保证，马都管用！

我们很需要这种药。不断有工人因为便秘来找马克斯，普通的通便剂似乎起不了作用。

一个病人在医院去世了，另一个则在逐渐康复。前者去世两天后我们才得知已经落葬了。

安拉维沉着脸来找我们。

他说，这是关乎我们名声的问题……

我的心微微一沉。名声一词后面通常跟着金钱的开销。

这个人，他继续说道，死的时候远离家乡。他埋在了这里。这样在杰拉布鲁斯我们就会名誉扫地。

可我们无法阻止人的死亡，马克斯说。他来的时候已经病重，我们也已经尽可能做了可以做的。

安拉维不理会死亡的问题。死没什么大不了的。要紧的不是死了人，而是落葬。

想过他的亲属和家人吗？他被葬在一个陌生的地方。他们得离家到他坟墓在的地方。一个人不能落葬在家乡是件丢脸的事。

马克斯说他现在也不知道能做什么。人已经落葬了。安拉维到底想暗示什么？给伤心的家庭一些金钱以表安慰？

那可以接受，是的。但安拉维真正的意思是移葬。

“什么！再把他挖出来？”

“是的，和卓。把尸体运回杰拉布鲁斯。这样事情就办得体面了，你们的名声也不会受损。”

马克斯说他不确定这行不行得通。在他看来这是不切实际的。

最后，我们去了卡米什利和法国当局协商。他们显然认为我们疯了！

未料这激发了马克斯的决心。他当然觉得这很荒唐，不过有可能办到吗？

医生耸耸肩膀。是的，有可能办到！需要填表格——很多表格。“印花，贴很多印花。”① “当然，”马克斯答，“免不了的。”

事情已经在进行当中。一个出租车司机不久要回程去杰拉布鲁斯，自告奋勇接受了运送（经过适当消毒的）尸体的任务。

---

① 原文为法语。

一个工人是死者的侄子，会负责操办。一切都安排好了。

先是挖掘；接着又签了许多表格，贴了不少印花；军医带来了大量的福尔马林喷剂；把尸体装进棺材；喷上更多福尔马林；封起棺材，出租车司机乐呵呵地将它推托上车。

“好啦！”他喊道，“旅途会很愉快！我们得当心别让我们的兄弟半途掉下来！”

整个过程都散发着浓浓的诙谐感，堪比爱尔兰守灵仪式。出租车在司机和死者侄子的高声歌唱中上路了。这对他们来说是个庆典！他们完全乐在其中。

马克斯松了口气。他贴了最后一个印花，付了最后一笔钱。（一大叠）必要的文件都交托给出租车司机了。

“啊，好了，”马克斯说，“终于结束了！”

他错了。死者阿卜杜拉·哈米德的旅程可以被书写成诗意的传说。他的尸骨一度命运未卜，不知能否得以安息。

尸体按时运到了杰拉布鲁斯。人们沉重地悼念死者，估计历经这样不一般的旅程之后，这份悼念甚至添了几分荣耀色彩。这场仪式实际上是一场盛宴。出租车司机念诵着安拉的名字，继续向阿勒颇前进。他离开后才发现所有重要的“表格”都和他一起消失了。

混乱便开始了！没有必要的文件，死者不能下葬。这样他就得再回卡米什利？围绕这个话题开始了激烈的讨论。消息传到了卡米什利的法国当局，传到了我们这里，也传到了在阿勒颇的让这事节外生枝的出租车司机这里。一切都以散漫的阿拉伯风格进行。与此同时，阿卜杜拉·哈米德无土入葬。

我颇为担心地问马克斯，福尔马林的作用有多久？我们重又索要了一套表格（贴好印花），寄去杰拉布鲁斯。有人传话来，尸体要通过铁路运回卡米什利。电报就这样火速地来来回回。

忽然一切都搞定了。出租车司机回到杰拉布鲁斯，手里挥着一叠表格。

“太粗心了！”他大声说。葬礼井然而体面地举行了。安拉维保证，我们的名声保住了！法国当局依然觉得我们疯了。我们的工人庄严地认可了。迈克尔深感愤怒——多浪费啊！他为了泄愤，早上连着几个小时在窗户下把“突滴”敲得砰砰响，直到被强制阻止。

“突滴”是一切与汽油罐相关的事物的通称。叙利亚人拿汽油罐可以做的事是你无法想象的！女人们用汽油罐从井里取水。汽油罐被切割成条修补屋顶和房子。

迈克尔雄心壮志地告诉我们，他想有一幢完全用“突滴”做的房子。

“会很漂亮，”他憧憬地说，“非常漂亮。”

第五章

一季之末[1]

在恰加尔巴扎尔的收获令人欣喜，最后一个月 B. 从伦敦过来支援。

看着 B. 和麦克一起很有趣——他们俩截然相反。B. 是个喜欢社交的人，麦克则完全不是。他们俩相处融洽，但常常大眼瞪小眼。

有一天，要去卡米什利时，B. 突然表达了他的担忧。

“把老麦克一个人留下好像不太好。我应该和他待在一起。”

“麦克喜欢独处。”我让他放心。

B. 似乎不相信。他去了绘图室。

“我说，麦克，要我留下吗？整天一个人待着会无聊。”

麦克脸上掠过一丝惊愕。

“啊，”他说，“我一直巴望着独处呢。”

“他真是个奇怪的家伙，”在去卡米什利的颠簸的路上，B. 说，“看到昨晚的日落吗？很美！我去屋顶上看，发现麦克也

① 原文为法语。

在。我承认我是有点兴奋，但老麦克呢，他一言不发。应也不应一声。我想他是去那里看日落的。”

“对，黄昏时他常常上屋顶。”

“他什么都不说这也太奇怪了。”

我想象了这样一幅画面：麦克在屋顶上，冷漠而安静，旁边则是热情叨唠的 B.。

晚些时候，麦克一定会在他整洁的屋子，坐在格子毯子上写日记……

“我是说，你会不会觉得……” B. 说得起劲，不过被打断了——迈克尔突然猛打方向盘，一脚油门向一群阿拉伯人冲过去。

两个老妇人和一个牵了驴的男人惊声尖叫着散开了。迈克尔这一下叫马克斯怒不可遏。他到底想干什么？搞不好就撞死人了！

显然，迈克尔多少是有意的。

“有什么关系呢？”他将双手托举在空中，任由车子自己行驶。

他说完，像孤独的受难者般陷入沉默。

除了我们在卡米什利固定拜访的银行，在亚诺克斯先生商店的采购，以及对法国中尉礼节性的拜访，B. 还有自己的事务——去取一个从英国寄来给他的包裹，里面是两套睡衣。

我们已经收到正式领件通知，便出发去邮局。

邮局局长不在，一个斜视的部下去叫他了。局长穿着红条睡衣，打着哈欠来了。这个样子明显是从酣睡中被唤醒的。他依然礼貌友好，和我们一一握手，询问我们发掘的进度：我们发现金子了吗？要和他喝杯咖啡吗？一轮寒暄过后，我们进入了正题。我们的信件这会儿在阿慕达的邮局——叫人挺扫兴的，因为阿慕达的老局长觉得它们很贵重，经常将它们锁在贵重物品保存处，忘记送出去。

而 B. 的包裹滞留在卡米什利，我们便商量起递送事宜。

“是的，的确有这样一个包裹，”局长说，“是从英国伦敦来的。啊，该是多伟大的城市啊！我多想看看啊！是寄给一位 B. 先生的。”啊，这位 B. 先生是我们的新同事？他和 B. 又握了握手，寒暄了几句客套话。B. 用阿拉伯语礼貌地回应了几句。

这段插曲之后我们回到包裹的问题上。是的，局长说，送到过这里，其实就在这间办公室！但已经不在了，被转送去了海关。B. 先生必须意识到这包裹是要缴关税的。

B. 说只是个人衣物。

局长说：“当然，当然——那是海关说了算了。”

“那我们得去海关？”

“这是正规程序，”局长同意，“今天去没用。今天是礼拜三，海关礼拜三关门。”

“那明天呢？”

“可以，明天海关上班。”

“抱歉，”B. 对马克斯说，“意思是我明天还得再来一趟才能拿到包裹。”

局长说 B. 先生自然需要明天再来，但也不一定能拿到。

“为什么？”B. 追问。

“因为海关办完手续后，包裹必须得经由邮局递送。”

“你的意思是我还得来这里？”

“没错。明天恐怕不行，因为明天邮局不开门。”局长得意地说。

我们进一步讨论细节，但一次又一次败给了官僚制度。看起来没什么日子是海关和邮局同时开门的！

我们只好把矛头转向可怜的 B.，问他到底为什么不能随身携带可恶的睡衣而一定要邮寄！

B. 为自己辩护：“因为那是很特别的睡衣。”

“应该想想所有可能造成的麻烦！”马克斯说，“这辆车每天来回是去发掘现场的，不是当邮车来卡米什利的！”

我们劝说局长让 B. 当场就签署邮局的表格，但他不肯通融。邮局手续通常是在海关完事后办的。我们认输了，不悦地离开邮局，局长估计回床上睡觉去了。

迈克尔兴冲冲地跑过来，说他买的柑橘相当划算：低价买了两百个柑橘。他照旧被骂了一顿。他到底是怎么想的，我们怎么可能赶在两百个柑橘烂掉前全部吃完呢？——而且说不定买来的时候就已经烂了。

迈克尔承认有些确实有一点不新鲜，但价格相当便宜，而且买两百个有很大的折扣。马克斯决定检查一下，便将它们一股脑倒了出来。大部分已经长了绿霉!

迈克尔遗憾地嘟囔着:“划算!”好歹也是柑橘嘛。他离开了,再回来时带着几只划算的鸡,捆住鸡爪倒拎着。又买了些划算和不划算的东西,然后我们出发回家了。

我问麦克今天过得好不好,他兴奋地说:“棒极了!”

B. 不解地盯着麦克,一屁股坐了个空,麦克开心的一天也完美收官了。我从没见谁笑得这么开心!吃晚餐时他又突然笑起来。假使我们知道什么能触动麦克的幽默神经的话,我们能给他安排许多乐子!

B. 继续他艰辛的社交任务。等到马克斯去了发掘现场,屋子里只剩我们三个时,他像丢了魂似的逛来逛去。他走到绘图室和麦克讲话,得不到回应便失落地来到办公室,我正忙着用打字机写着血淋淋的谋杀案。

“啊,”B. 说,“你在忙啊?”

我简短地说:“是的。”

“写作吗?”B. 问。

“对。”(更简短了。)

“我想,”B. 意犹未尽地说,“或许我可以把标签和物品拿过来。我应该不会打搅你吧?”

我必须得强硬点。我解释说如果有活体在移动、呼吸或是在旁边讲话的话,我没办法处理我的死尸!

可怜的 B. 难过地走开了,他只得一个人默默地干着活。

B. 要是写书的话，手边开着收音机和留声机，屋子里有点聊天声会让他进入最佳状态！

不过，无论在丘上还是家里，B. 在访客面前都游刃有余。

护士、法国长官、访问考古学家、旅行者——B. 乐于交际，和他们相处甚欢。

“有车子来了。要我下去看看是谁吗？”

“好啊。”

客人来了，他们在 B. 的招待下用各种语言聊着。我们告诉 B.，在这种情况下，他是无价之宝。

“麦克不太擅长，是不是？”B. 咧嘴朝麦克笑笑。

“麦克，”我严肃地说，“一点也不擅长。他根本不愿尝试。”

麦克淡淡一笑……

我们发现麦克也有嗜好。他的嗜好就是马。

B. 开车到卡米什利去处理睡衣事宜，将麦克捎到土丘。到了中午麦克想回家，安拉维就建议他骑马。酋长有好几匹马。麦克立刻脸上放光，平静冷漠的表情都消失了，一脸期盼。

从那以后，但凡有借口，麦克就骑马回家。

“麦克和卓，”安拉维说，“他从不开口，他吹口哨。他想让拿测量竿的工人往左时，就吹口哨，他想要泥瓦匠过来时，就吹口哨，现在是对着马吹口哨！”

B. 的睡衣问题还没解决。海关要求支付八英镑！显然有些过分，B. 称睡衣每套才两英镑，所以拒绝支付。于是便出现了尴尬透顶的一幕。海关诘问，他们又该拿包裹怎么办呢？于是转交给邮局局长。局长不给 B. 也不让包裹离开这国家！我们浪费了好多天跑去卡米什利商讨此事。银行经理和特别事务处的长官都被找来了。就连一位在拜访银行经理的马龙教会的长老也介入了，他身着紫袍，挂着大十字架，梳了个大发髻，令人印象深刻！可怜的邮局局长尽管还穿着睡衣，但毫无睡意！这桩事迅速升温成一件国际事务。

突然间曙光出现。阿慕达的海关人员拿着包裹来了我们家。纠纷一下了结了：三十先令关税，“十二法郎印花税，香烟？”①（香烟推到了他手上。）“瞧，先生！”②他咧嘴笑着，B. 也笑了，大家都笑了。我们都凑上去看 B. 打开他的包裹。

他自豪地取出包裹中的物品，像名白衣骑士般介绍起这项特别发明。

“蚊子，”他解释，“赶掉蚊子的蚊帐。”

马克斯说他在这一带从没见过蚊子。

“当然有蚊子，”B. 说，“大家都知道。有死水！”

我立马看着麦克。

“这里没有死水，”我说，“要是有，麦克肯定见过！”

B. 信誓旦旦地说，在阿慕达北边有个池子是死水。

马克斯和我再度强调，我们从来没听说过也没见过蚊子。B. 权当耳边风，继续介绍他的发明。

---

①② 原文为法语。

睡衣是白色水洗绸的。每件都有个兜帽可以罩住头，袖子则连着连指手套。前面有拉链，这样唯一暴露给蚊子的是眼睛和鼻子。

“用鼻子呼气吸气，也能赶走蚊子。”B. 得意洋洋地说。

马克斯冷冷地重复说这里没蚊子。

B. 想告诫我们。等我们因为疟疾痛得发抖的时候，就会后悔当初没听他的话。

麦克突然哈哈大笑起来。我们诧异地看着他。

“我在想你一屁股坐空的场景。”麦克窃笑着离开了。

当晚我们酣睡时，突然传来一阵喧闹。我们跳起来，还以为遭强盗打劫了。奔到餐厅，却发现一个白影正疯狂地左冲右撞，又叫又跳。

“天哪，B.，出什么事了？”马克斯大喝。

我们还以为 B. 疯了。

原来是老鼠惹的祸。

一只老鼠不知怎么窜进了防蚊睡衣！拉链又卡住了。

我们一直笑到天亮。

只有 B. 不觉得有趣……

天气变热了。各种各样的花都盛开了。我不是植物学家，不知它们的名字，坦白说也不想知道。知道名字不见得能增添更多乐趣。有蓝色和淡紫色的花，长得像小朵羽扇豆和小朵野生郁金香，还有金盏菊般的金色花朵，穗状的暗紫色花朵。在它们的点缀下，丘坡色彩缤纷。这是一片真正的“肥沃的草原”。我去文物室借了些器型合适的罐子。等麦克想把这些罐子画下来时，发现它们都插满了花。

我们的房子盖起来很快。木拱架已经立了起来，泥砖砌了上去。效果会很不错。我站在丘上，祝贺身旁的麦克。

“这比我的厕所要强多了。”我说。

这位成功的建筑师也同意。不过他抱怨起工人来，说他们完全没有精准度。我说他们肯定没有。麦克闷闷不乐，说他们嘻嘻哈哈的，根本无所谓。我转移了话题，和麦克聊起马，不一会儿他心情就好转了。

天气热了，工人的脾气也更暴躁了。马克斯加重了对斗殴事件的惩罚，最后被逼做了这个决定：每天上工前人人要上交他们的武器。这个规定并不受欢迎，勉强被接受了。在马克斯的监督下，大头棒、锤子以及凶器般的长刀上交给了迈克尔，锁在“玛丽”号里。日落时将物归原主。这事既费时又无趣，可至少能避免工人互相伤害。

一个雅兹迪工人跑来说他渴得快晕了。他要喝水才能继续干活。

“可这儿有水——你为什么不喝呢？”

“我不能喝那个水，那是井水。今天早上酋长的儿子把莴苣掉进井里了。”

根据雅兹迪人的宗教，他们不能谈论莴苣，也不能触碰任何被莴苣污染过的东西，因为他们相信莴苣里住着撒旦。

马克斯说："好吧，我觉得你被骗了。今天早上我在卡米什利还见到了酋长的儿子，他跟我说他已经在那里两天了。你上当了。"

工人们被召集起来，马克斯向他们宣读了"惩戒胡闹条令"。严令禁止对雅兹迪人说谎或骚扰他们。"在这里大家都是兄弟。"

一位目光灼灼的穆斯林走上前来。

"您信仰耶稣，和卓，我们信仰穆罕默德，但我们都是撒旦的敌人。

"那么，今后你但凡履行这样的责任，一次五法郎！"马克斯说。

之后几天我们再没有听到雅兹迪人的投诉！

雅兹迪人求知欲强，而且少有的温和。

他们的阿迪长老圣殿坐落在摩苏尔附近库尔德人的山上，我们在那里发掘时到访过。世界上再也找不到如此美丽、如此平静的地方了。穿越栎树和石榴树，循着山间小溪，沿着山脊蜿蜒而上。空气清新纯净。最后几英里只可步行或骑马。这一带人性纯朴，基督教的女信徒裸身在溪中沐浴。

忽然间，圣殿的白顶出现在眼前。一切都那么安详平静。树，庭院，流水。和善的管理员端来茶点，我们在这般宁静和祥和中品着茶。内院有通向神殿的入口，右边雕刻着一条大黑蛇。蛇是神之使者，因为雅兹迪人相信诺亚方舟搁浅处正是辛贾尔山区，舟身破了个洞，一条蛇盘起身子填入洞中，方舟才得以继续航行。

我们脱了鞋才被领进神殿，跨过门槛时尤其小心，因为踩踏门槛是禁止的。露出脚底也是禁忌，故盘腿席地而坐时需格外小心。

殿内又黑又冷，圣泉涓流——据说是流向麦加的。祭典时神殿里会摆上孔雀神像。总之，在雅兹迪人的信仰中，孔雀天使就是黎明之子路西法。

我们从殿里出来，坐在寂静安宁的庭院。要从山中圣殿回到喧嚣尘世，我们俩都依依不舍……

阿迪长老圣殿是我永生难忘的地方——忘不了那种令人魂牵的安宁……

雅兹迪人的头目米尔曾来过我们在伊拉克的挖掘现场。他是个表情忧郁、穿着黑衣的高个子。他是教宗，也是首领——不过当地传统让这位特别的米尔完全受他的阿姨（阿迪长老圣殿的可顿）和他的母亲（一位美丽而有抱负的女子，据说一直在给儿子下药以便自己可以掌权）“管理”。

经过辛贾尔山时，我们拜访了当地的雅兹迪酋长哈默·希若，他的年纪据说有九十岁了。在 1914 年至 1918 年的战争①中，几百个亚美尼亚难民从土耳其人那里逃了过来，在辛贾尔地区得到庇护，保全了性命。

---

① 指第一次世界大战。

休息日的选择引起了激烈的分歧。通常发薪日第二天是假日。穆斯林称他们的人数远多于基督徒，应该将礼拜五作为休息日。亚美尼亚人又拒绝在礼拜天干活，说既然是基督教徒来主持发掘的，礼拜天应该放假。

我们下令礼拜二作为假日，据我们了解，这一天不是任何宗教的节日。

晚上工头们来我们的房子，一起喝咖啡，聊一下碰到的难题或问题。

老阿布迪·萨拉姆这晚特别雄辩。他的独白慷慨激昂，越说越大声。尽管我留心听了，却无法听明白。不过我的好奇心倒被这戏剧性的一幕激发了。趁阿布迪·萨拉姆喘口气的当儿，我赶紧问马克斯。

马克斯扼要地说了一个词："便秘。"

阿布迪·萨拉姆觉察到我的兴趣，又向我吐露了症状的更多细节。

马克斯说："他吃过伊诺氏、毕彻姆氏、植物泻药，还有海狸油。他在跟你描述服用每一种后的感觉，以及没有一种有理想效果。"

看来需要法国医生的马用药的时候到了。

马克斯开了超大剂量！阿布迪·萨拉姆满怀希望地离开了，我们都为之祷告！

我这阵子相当繁忙。除了修补陶器，还有摄影方面的活——我分配到一间“暗室”。它有点像中世纪时的“酷刑室”。

在里头无法坐立！我手脚并用地爬进去，跪在地上低着头冲洗着底片。等出来时，我热得快窒息了，腰都直不起来，绘声绘色诉说着自己遭受的苦难，而听众漠不关心——他们感兴趣的是负片，不是冲印工。

马克斯忽然反应过来，表示感激：“亲爱的，你很棒。”但听起来有点心不在焉。

我们的房子盖好了。从丘顶眺望沐浴着日光的大地，白色穹顶直指云霄，颇有几分神圣的味道。房子内部很舒适。因为有穹顶的关系，感觉空间很大，而且很凉爽。右侧的两间房，一间是古物室，一间是我和马克斯的卧房。左侧的则是绘图室，以及 B. 和麦克共用的卧室。今年我们在这里只能待上一两个礼拜。已经到了收获季节，每天都有人离开去收割。花儿谢了，一夜间便消失了，因为贝都因人从山上下来了，他们的褐色帐篷遍地都是，牲口吃着牧草，缓缓南迁。

我们明年会回来——回到家中，因为无人之地上的圆顶房已是我们的家。

酋长穿着雪白的袍子，参观了一通他未来的房产，小眼睛都亮了。他已经感觉脸上添了光。

能再见到英格兰真好。能见到朋友，见到草地和大树真好。不过明年能回来也真好。

麦克在速写，画的是土丘。尽管中规中矩，我还是很赞赏。

没有人物，只有曲线和图案。我发现麦克不仅是一位建筑师，还是一位艺术家。我请他为我的新书设计封面。

B. 进屋来，抱怨说椅子都打包了——没东西可坐。

“你要坐下干吗？”马克斯问，“还有很多事要做。”

马克斯出去后，B. 带着谴责的口吻对我说：“你丈夫真是精力充沛啊！”

他要是见过马克斯在英格兰夏天午后睡觉的样子，我不知他还会不会这么说……

我开始忆起德文郡，红色的岩石和蓝色的海……能回家真好。我的女儿，狗，德文郡奶油，苹果，沐浴……我按捺不住内心的狂喜，慨叹了一声。

第六章
旅途的尾声

我们已有的发现振奋人心，决定再发掘一季。

今年我们的团队有了变化。

麦克在巴勒斯坦发掘另一处，但希望到季末的几周能加入我们。

因此我们需要另一名建筑师。另外还有位新成员——上校。马克斯希望在恰加尔发掘时，能同步发掘布拉克丘墟，他和上校可以在两地分别监管。

马克斯、上校和我们的新建筑师同行出发，我两个礼拜后跟上。

大约在他们动身的两周前，我们的建筑师打电话来找马克斯，马克斯刚好出去了。他听起来有些焦虑。我问有没有什么我可以帮忙的。

他说："唔，是关于行程的。我找库克公司订卧铺，要去马克斯告诉我的地方，但库克的人说没有这个地方。"

我安抚他说："他们总这么说。我们去的地方没其他人会去，他们自然也没听说过。"

“他们好像觉得我要去的应该是摩苏尔。”

“好吧，”我让他放心，“不是的。”

突然我灵光一闪：“你问的是卡米什利还是尼塞宾？”

“卡米什利！不是这个地方吗？”

“是这地方，但站台在尼塞宾——在土耳其边境。卡米什利是叙利亚这边的镇子。”

“这就说得通了。马克斯没有叫我带其他东西吧？”

“应该没有。你铅笔够吧？”

“铅笔？”他听上去很惊讶，“当然。”

“你会用上很多铅笔的。”我说。

他还没充分理解我的话外音，就挂断了电话。

去伊斯坦布尔的一路挺顺利的，带的鞋子符合配额规定，顺利过了土耳其海关！

到了海达尔帕夏，我发现和我一个包厢的是一位大个子土耳其女士。她已经搁了六个行李箱、两个形状奇特的篮子、几个条纹袋和各种食品包裹。等到我加上我的两只行李箱和一个帽盒后，我们搁腿的地方都没了！

为这位女士送行的是一位苗条活泼的女士。我们用法语交谈甚欢。我要去阿勒颇？啊，她的表姐不去那么远！我说德语吗？她表姐说一点德语。

不，唉，我不说德语。土耳其语呢？也不会土耳其语！

好可惜！她表姐不说法语！我们要怎么聊呢？

我说，看样子无法交流了。

“真是太可惜了，”这位活泼的表妹说，“能交流的话你们俩一定聊得来的。不过趁车还没开，让我们聊个畅快。你结婚了？”我承认我结婚了。“有孩子吗？你肯定有一堆孩子，是吧？我表姐只有四个孩子——不过，”这位表妹骄傲地补充，“三个是男孩！”我感到为了英格兰的名望，不能承认一女足矣。于是我无耻地给自己添了几个儿子。

“太棒了！”这位表妹笑了，“那么小产呢？你小产过几次？我表姐有五次，两次在三个月的时候，两次在五个月的时候，还有一次是七个月时早产了。”我还在犹豫要不要捏造一次小产来博取好感，幸亏哨声吹响了。这位活泼的表妹跳出车厢，在走道里还喊着：“你们可以打手势聊这些细节。”

原本以为场面会很尴尬，不过我们通过点头、手势和微笑倒也相处甚欢。我的旅伴慷慨地和我分享了许多香料浓郁的食物，我则从餐车上给她带回一只苹果作为礼貌的答谢。

食物篮子打开后，我们几乎都无处落脚了。食物和麝香的味道真叫人受不了。

入夜后，我的旅伴确保窗户都已关紧。我躺在上铺，一直等到下铺传来轻轻的有节奏的鼾声。

我悄悄溜下来，偷偷将窗户开了一条缝，然后爬回去睡觉，没有被发现。

早晨可是上演了一出默剧。土耳其女士发现窗户打开着，用丰富的肢体动作告诉我，这不是她的错，她以为已经关上了。

我用手势告诉她，我一点也不责怪她，这种事常有发生。

土耳其女士的目的地到了，她礼貌地和我道别。我们微笑，点头，鞠躬，表达了遗憾：由于语言障碍，不得好好交流人生要事。

午餐时，我对面坐着一位美国老太太。她若有所思地望着田野上干活的女人们。

“可怜的人！”她叹了口气，“不知道她们有没有意识到自己是自由的！”

“自由？”我有点不解。

“是啊，她们不用再戴面纱了。穆斯塔法·凯末尔已经将它废除了。她们现在自由了。”

我默默地望着劳动中的女人们。我并不觉得这点对她们有多么重要。她们成天都在辛苦劳作，谁知有没有享受过面纱的奢华呢。反正我们工人的妻子没有一个享受过。

不过，我没有提出异议。

美国太太唤来侍者，要一杯热水。“我要服药。”① 她说。

那人一脸茫然。她想要咖啡，他问，还是茶？我们费了好大劲才让他明白只是要白开水。

“你要和我一起来点泻盐吗？”我的新朋友贴心地询问，那口吻仿佛在帮我点鸡尾酒一样。我谢过她，说我不用泻剂。“但对你有好处。”她怂恿我。我费了好大劲才免遭洗肠。

① 原文为法语。

我回到包厢休息，想着阿布迪·萨拉姆的便秘今年不知怎么样了！

我中途去了阿勒颇，因为马克斯要我在那里办些事。在下一趟去尼塞宾的车来之前有一天空闲，我加入了去卡拉特西曼的观光团。

同行的是一位采矿工程师和一位几乎全聋的老牧师。牧师不知怎么的，认为那位我生平第一次才见到的采矿工程师是我的丈夫。

“你丈夫的阿拉伯语说得很好，亲爱的。”回程路上牧师说，一边亲切地拍拍我的手。

我当下就乱了阵脚，大声说：

“他是说得好，但他不是我丈夫。”

“哦，是的，他是的。”牧师的口吻有些谴责，“他是一位很棒的阿拉伯语专家。”

“他不是我丈夫。”我喊道。

“我说，你妻子一点阿拉伯语也不会说。”牧师转身对工程师说，工程师的脸涨得通红。

“她不是——”他大声说。

“对，”牧师说，“我觉得她对阿拉伯语不精通。”他笑笑：“你应该教教她。”

我们异口同声地喊道：“我们没结婚！”

牧师的神色变了。他表情凝重且不满。

“为什么呢？”他诘问。

采矿工程师无助地对我说："我放弃了。"

我们都哈哈大笑起来，牧师的表情这才放松。

"我明白了，"他说，"你们在逗我。"

车子停在旅馆门口，他小心地下了车，从他的大白胡子里解下个弱音器。他转过身，慈爱地对我们笑着。

"祝福你们，"他说，"我祝你们百年好合。"

顺利抵达尼塞宾。火车靠站后，踏板和地面有五英尺之高的落差，地上又都是锐利的散石！一位好心的乘客跳下去清理了石块，这样我跳下去才没扭伤脚踝。马克斯和我们的司机迈克尔从远处走来。我想起迈克尔的三个力量之词。"加油啊"，运用野蛮之力（通常都带来惨剧）；"试一试"；还有"划算"，他的节约之道曾经让我们在沙漠中因为没油而抛锚。

我们刚要会合，一位穿制服的土耳其人严肃地说了声"护照"，拿走我的护照便跳上火车。

大家互相问候着。我握住迈克尔坚实的手，他说"日安①，你好吗？"然后用阿拉伯语补充"感谢真主"庆贺我的安全抵达。小工们纷纷去接乘务员从窗户抛出的行李箱。我问及我的护照。它和穿制服的土耳其人消失得一干二净。

我们的"蓝色玛丽"衷心等候着。迈克尔打开车后门，熟悉的画面映入眼帘：紧紧地绑在一起的几只母鸡；汽油罐子；

---

① 原文为法语。

一堆麻布袋子——细看发现其实是人。迈克尔把我的行李塞在母鸡和人的上面，然后去要我的护照。马克斯担心迈克尔的臭脾气会引发国际纠纷，也跟了上去。二十分钟后，他们凯旋而归。

我们出发了，一路嘎吱作响，左摇右晃，上下颠簸。我们从土耳其入境叙利亚。五分钟后便到了欣荣的卡米什利。

回家前有许多事务需要操办。我们先来到“哈罗德”——即亚纳柯斯先生的店。店主待我亲切有加，不仅请我坐柜台后的椅子，还煮了咖啡。迈克尔去买马了，要靠马拉车从杰格杰盖河取水到我们在布拉克丘墟的发掘点。迈克尔称他发现了匹宝马，相当划算。马克斯有点怀疑，问：“有多划算呢？是好马吗？大马？耐力足？”他说：“宁可稍微多花点钱买匹好马，也不要为了省钱买匹劣等马。”

一个麻袋人离开了车，原来他就是我们未来的运水工。他懂马（他自称），要和迈克尔同去检验马匹。与此同时，我们在亚纳柯斯先生的店买了罐头水果、可疑的葡萄酒、通心粉、李子酱苹果酱和其他美食。下一站是邮局，在那儿见到了老朋友局长。他胡子拉碴，睡衣脏兮兮的，看上去一整年都没换洗过。我们取了几捆报纸和一两封信件，谢拒了局长硬塞给我们的三封以欧式字体书写寄给汤普森先生的信，然后去了银行。

银行是一栋石头建筑，空旷阴凉，相当宁静。大厅中央的长椅上坐了两位士兵，一位穿着斑斓破衣、染过胡子的老者，一个穿着破西服的男孩。他们都安静地坐着，对着空气发愣，偶尔有人吐口痰。角落里奇怪地摆了张床，上面的毯子脏兮兮的。柜员热情地迎接了我们。马克斯要将一张支票兑换成现金，我们便被领去行长先生①的办公室。行长先生②是个大块头，咖色皮肤，口若悬河。他无比亲切地接待了我们，招待我们喝咖啡。他接替了去年的行长，还觉得这事挺遗憾。他从亚历山大勒塔③来，按他的说法，那里还有一点点生活！但这里！（他激动得舞起双手）"都没人会打桥牌！""真的，"他越说越伤感了，"连小桥牌都不会打。"（桥牌和小桥牌到底有什么差别？都需要四个玩家吧。）

聊着卡米什利的政局和便利设施（或是便利设施的缺失），半个小时过去了。"还是造了些漂亮房子的。"④他最后承认。看起来他就住在一栋新建筑里。没有电灯、卫浴，没有任何文明生活的舒适性，但这房子至少是幢建筑——"是石头造的，你明白吗！⑤夫人在去恰加尔巴扎尔的路上能看见。"

我答应一定留意。

我们聊了聊本地的酋长们。他们都差不多，他说。"地主——但没有钱！"⑥他们总是负债累累。

在谈话的间隙，柜员进来，要马克斯在五六张表格上签字，马克斯又付了些小额费用，六十生丁印花税⑦之类的。

咖啡来了。四十分钟后小柜员带着最后三个文件来了，提

①②④⑤⑥⑦　原文为法语。

③　伊斯肯德伦的旧称。土耳其东南部第二大港。

出最后的要求："请付两法郎四十五生丁印花税。"① 这暗示着最后的仪式结束了，可以取现了。"要是我们有现金的话！"②

马克斯冷冷地说他提前一周就申请要取支票了。柜员耸耸肩笑笑。"好吧，我们看看。"好在一切顺当，钱款已到，印花税票③ 已贴，我们可以离开了。那几个人依旧坐在长椅上，对空气发着愣，吐着痰。

我们回到哈罗德。库尔德运水工等着我们。他报告了迈克尔挑的马的情况——好吧，根本不能叫做马！那根本不是马，是个老妇人——没错，老妇人！这就是迈克尔的划算买卖。马克斯去看马，我则回到柜台后的椅子。

店主亚纳柯斯先生的儿子和我断断续续地聊着国际事务。"你们的国王，"他说，"你们有一个新国王。"④ 我说是的。小亚纳柯斯先生挣扎着表达这超出他语言能力的意思。"英格兰国王！"他说，"伟大的国王——世界上最伟大的国王。"⑤ 他用手势来辅助自己表达，"一个女人！"他无法表达。"一个女人！"⑥ 不，这是难以置信的。这样重要的位置给一个女人？"世界上最伟大的国王。"⑦ 他以充满敬畏的语调重复着。

马克斯、库尔德人和迈克尔回来了。迈克尔之前因为买马事件挨骂泄了气，现在已经恢复了情绪。他们接下来要去买一匹骡子。迈克尔咕哝道骡子很贵。库尔德人说骡子很有用。库尔德人和迈克尔出发了，他们要去找一个人，这人的二表姐的

①②③④⑤⑥⑦ 原文为法语。

丈夫认识个人要卖一头骡子。

突然我们傻乎乎的男仆曼苏尔出现了。他笑着问候我，和我热烈握手。他就是那位我花了整整一季才教会摆餐桌的——现在仍可能在下午茶时段冒出几把叉子。铺床对他的脑筋来说是最大的挑战了。他动作迟缓，个性顽强，教他做的事简单得就像训练狗的把戏。

我们要不要去他母亲（刚巧是我们的洗衣工）的房子挑拣一些文物呢?

我们去了。屋子大扫除过，也做了些布置。两小时里我们喝了三次咖啡。文物摆出来，小罗马玻璃瓶、陶器碎片、旧硬币和一大堆破烂。马克斯将它们分成两组，一组是不要的，另一组则开了价。一个女子进来了，显然是个利益相关方。她是接受马克斯的开价，还是要成对一同售卖，似乎还争论未决。她觉得应该有五胞胎。她听着马苏尔的翻译，摇了摇头。

我们回到停车处。驴子的买卖已在最后商榷，我们去检查驴车上的运水桶。迈克尔又碰到麻烦了。他订了个巨大的水桶，放不上驴车不说，就算能放也会要了马和驴子的命。“但是，”迈克尔埋怨道，“一只大水桶比两只小的更划算，而且装的水更多!”马克斯骂迈克尔是个该死的笨蛋，叫他今后要按指令行事。他满怀希望地咕哝着：“试一试?”但这一线希望也落空了。

我们接着去见了酋长——我们那位特别的酋长。他染成红色的大胡子更浓密了，看着更像亨利八世了。他照常穿着白袍子，头上缠着块翠绿色布巾。因为要去巴格达短期访问，他的心情相当愉悦，虽说办他的护照得花好多个礼拜。“兄弟，”他对马克斯说，“我有的一切都是你的。为了你我今年一粒种子也没播，每一寸土地都听你吩咐。”我丈夫回答：“我太高兴了，这一高尚之举反倒有利于你。今年庄稼收成都不好，那些播了种的都损失了。恭喜您的高明。”

酋长很得意，和马克斯依依不舍地道别了。

我们上了“蓝色玛丽”。迈克尔又往我的帽盒上倒了一堆土豆和柑橘，盒子全塌了，母鸡直叫唤。几个阿拉伯人和库尔德人请求搭车，我们答应带了两个，他们挤在母鸡土豆和行李堆中。我们向恰加尔巴扎尔出发了。

第七章
恰加尔巴扎尔的生活

终于望见我们的房子，激动的心情无以复加。穹顶矗立，完全像是敬献某位圣人的圣殿！

马克斯告诉我，这房子可让酋长骄傲了。隔一阵他和他的朋友就会过来围着它欣赏一番，马克斯怀疑他已经拿房子在集资，号称这是他的房产，我们不过是租客。

迈克尔照例来了个急刹车（加油啊！），“玛丽”号停下来，大家都从房子里冲出来迎接我们。有老面孔，也有新面孔。

厨子德米特里还是老样子，他的长脸有种母性的温柔。他穿着印花棉布长裤，乐呵呵笑着。他抓住我的一只手按在他的额头上，然后得意地向我展示一个木盒，里头是四只刚出生的狗仔。他说这些就是我们将来的看门狗。男孩阿里去年也和我们在一起。这回他感觉自己升级了，因为又雇了一个更小的男孩当厨子的助手，名叫费尔希德。关于费尔希德没什么好说的，只有一点：他看上去忧心忡忡。不过马克斯说这是费尔希德的常态。

我们还有了位新马夫，叫萨布里。萨布个子高，性子烈，看上去很聪明。他笑起来嘴巴一咧，露出镶着金牙的牙齿。

上校和帮浦为我们备了茶。上校做事保持着军人的严谨。他已经制定了一个新规定，人们领小费时要像军队一样列队。大家完全当成了儿戏。他花了很多时间进行整顿。马克斯去卡米什利的日子是他最好的机会。他骄傲地宣布，这所房子现在整洁如新了，每样东西都各就各位，许多顺手一放的东西现在也归置好了！各种各样的不便将会随之产生！

帮浦是我们新的建筑师。他的昵称出自来的路上他对上校说的一句无忌之言。清晨时分，火车快到尼塞宾，帮浦拉起百叶窗，饶有兴致地看着窗外，接下来几个月他就会生活在这个国家。

“这地方真有意思，”他评论道，“到处都是帮浦！”①

“真有你的，帮浦！”上校嚷道，“你难道不知道每一个帮浦下都埋着一座千年古城吗？”

从此帮浦就成了这位同僚的名字！

我还注意到了其他新添置的家伙。首先是一辆二手雪铁龙，上校为它起名为“法国兵”。

“法国兵”原来是一位很情绪化的绅士。不知为什么它总是跟上校过不去，顽固地拒绝发动，或是在荒郊野外抛锚。

有一天，我悟到了这个神秘事件的玄机。我分析给上校听，说这是他的错。

---

① 原文有“隆起”之意。

"什么意思，我的错？"

"你不该把它命名为'法国兵'。毕竟我们的车是从'玛丽'皇后起步的，你至少也要管这部雪铁龙叫约瑟芬皇后。这样的话，什么麻烦都不会有了！"

上校是个纪律严明的人，说现在无论如何都太迟了。"法国兵"就是"法国兵"，得乖乖听命。我瞥了"法国兵"一眼，它好像正放荡不羁地看着上校。我感觉"法国兵"肯定在密谋最高级别的军事罪行——叛变！

工头们涌上来问候我。耶希亚从没像此刻这么快乐过。安拉维和以往一样帅气。老阿布迪·萨拉姆依然聊个没完。

我问马克斯阿布迪·萨拉姆的便秘怎么样了，马克斯回答说几乎每晚都在详尽无遗地聊这个话题！

随后我们去了文物室。第一个十天的工作阶段结束时，收获了近一百块铭文，因而大家个个欢欣鼓舞。再过一个礼拜，我们要开始在布拉克丘墟和恰加尔堆同时开挖。

回到恰加尔的房子，感觉好像从未离开过。房子看起来整洁许多，这要归功于热衷于秩序的上校。我想起有关卡芒贝尔奶酪的糗事。

马克斯在阿勒颇买了六块卡芒贝尔奶酪，以为卡芒贝尔奶酪就像荷兰干酪，可以存放起来，想吃就吃。我到达之前就有一块被吃掉了，上校在打扫卫生时看到剩下的五块，就收放在起居室的柜子深处。它们很快被图纸、打字机用纸、烟草、土耳其软糖等淹没了，被冷落遗忘在黑暗中，看不到，但并非闻不到。

两周后，我们都嗅着味儿胡乱猜测。

“不会是下水道的问题，我们根本就没有——”马克斯说。

“最近的瓦斯管肯定在两百英里之外——”

“那我觉得就是有死耗子了。”

“个头不会小！”

室内空气实在叫人无法忍受了，我们决心找到这只臆想中的腐烂的老鼠。就在那时，我们发现了那一摊黏黏臭臭的卡芒贝尔奶酪，已经变质得不成样子了。

谴责的目光投向了上校。恶心的残留物则交给曼苏尔，他会好好埋在远离房子的某个地方。马克斯对上校说，这事印证了他所谓的整洁根本是个大错！上校辩解说整理奶酪这主意是不赖的，错在没记性的考古学家们忘记房子里有卡芒贝尔奶酪。我解释说真正的错是买那么多成熟的卡芒贝尔奶酪，还存起来打算吃上一个季节！帮浦问，为什么要买卡芒贝尔奶酪？他从没喜欢过！曼苏尔按吩咐将恶心的残留物弄走，填埋了起来，但他还是像往常一样困惑。和卓们既然花了不少钱买来，按说是喜欢这些东西的，那为什么现在品质变得更好后反而要扔掉呢？这些雇主的心思真是难捉摸啊！

在哈布尔河遇到的雇工问题和在英格兰相当不同。应该说是雇工们遇到了雇主问题！我们的嗜好、偏爱、喜恶在当地人看来都很古怪，而且不按常理出牌。

比如说，滚边颜色不同、质地稍有不同的布的用途是不同的。干吗搞得这么复杂？

为什么曼苏尔在用一块蓝边的茶巾擦拭汽车冷却器的污泥时，可顿怒气冲冲地冲出房子责备他？这块布可把污泥擦得干干净净的。还有，为什么洗完早餐餐具后拿床单擦干也受到指责呢？

“但是，”曼苏尔急着辩解，想洗刷罪名，“我们没在用干净的床单。这是块脏的床单！”

这下事情更糟糕了——真让人想不通。

同样，文明世界发明的餐具礼仪对男仆来说永远是令他头痛的事。

我不止一次地在门口看着曼苏尔为摆午餐餐具伤脑筋。

他先调整了桌布——相当顶真，两种摆法都试了试，还后退一段距离观察哪种效果更美观。

他决定先让桌布盖过桌子，这样桌布会在两边优雅地落下，而餐桌两头则露出了一两寸木板。他点头认可，随即一脸愁容地盯着那个在贝鲁特买的便宜的餐具篮，篮子又破又旧，里头装了各种餐具。

这才是真正棘手的事。他步步小心，动足脑筋，在每个茶碟上放一把叉，又在每个盘子左侧放一把刀。他后退几步，歪着头检验效果。他摇摇头，叹了口气。似乎有个声音在告诉他，这样摆是不对的。这个声音似乎还告诉他，哪怕到这季末，他也永远掌握不了刀、叉、勺这三样东西的各种组合原理。连茶点这种最简单的餐饮也搞不定，光放把叉子吧，我们还不乐意，竟然还要求放把刀。真是不可思议，根本没什么东西需要切嘛！真叫人无法理解。

曼苏尔长叹一声，继续复杂的工程。他决定至少今天要取悦一下主人。他又瞧了两眼。他在每个盘子右侧摆了几把叉子，又轮流摆上汤勺和刀。他喘着粗气，将盘子摆正，俯下身子猛地吹去盘子上的灰尘。他神经绷得紧紧的，走出屋子时人都在晃。他去通知厨子一切就绪，可以从烤箱里取出煎蛋卷了。煎蛋卷已经烘了二十分钟，表皮金黄酥脆。

费尔希德接着被派来叫我们。他表情忧愁，好像要宣布什么大灾难似的。结果他只是来通知可以就餐，真是让人松了一口气。

今晚我们吃的每道菜都是德米特里自以为最高档的。第一道是开胃冷盘，淋了厚厚一层蛋黄酱的煮鸡蛋、沙丁鱼、冷四季豆和鳀鱼。接着我们吃了德米特里的拿手菜，以米饭、葡萄干和香料填馅的羊前腿。这道菜充满神秘色彩，必须剪开一段棉线才能获取馅料，一直等菜快吃完，突然翻过接缝时，才真正吃到羊肉！然后我们吃了罐头梨，因为我们不喜欢德米特里做的焦糖奶冻，已经禁止他做这道唯一会做的甜点。接着上校自豪地宣布他教会了德米特里一道咸味小吃。

大家轮流传递着盘子。盘子上是小条的阿拉伯面包，浇了层热油脂，吃起来有股淡淡的奶酪味。我们告诉上校，我们对他的小吃持保留意见！

土耳其软糖和一些大马士革的蜜饯继而端上了桌。正在这时，酋长来拜访我们了。我们在恰加尔发掘的决定将他从一个无望的破产主儿变成一个相信随时都会下金子的人。听工头说，他仗着这个优势新娶了个夫人，是位漂亮的雅兹迪人。而且他的信用提升后，债务也翻倍了！他心情不错。和以往一样，他全副武装。他漫不经心地卸下来复枪，丢到一旁，细细赞赏起他刚刚得到的一支自动手枪。

“瞧见没，”他正指着上校，“构造漂亮而简单。手指放在扳机上，这样，子弹一颗颗射出来。”

上校头皮都麻了，问手枪有没有上膛。

自然是上了膛的，酋长有点惊讶。不上膛的手枪有什么用呢？

上校出于职业的敏感，最怕上了膛且对准他的武器，他迅速挪了个座位，马克斯则用土耳其软糖转移了酋长对这件新玩具的注意力。酋长大快朵颐，满足地吮着手指，朝我们所有人微笑着。

“啊，”他见我在填《泰晤士报》上的字谜游戏，“这么说，你的可顿识字？她也能写吗？”

马克斯说是的。

“真是有学问的可顿，”酋长带着欣赏的口吻说，“她给妇女们开药吗？开的话，我的太太们哪天晚上过来找她好好看看。”

马克斯答复说欢迎酋长的太太们，但很可惜他的可顿不太会说阿拉伯语。

“我们会想办法的，我们会想办法的。”酋长兴致勃勃地说。

马克斯问起酋长的巴格达之旅。

“还没有安排好，”酋长说，“有点困难——手续上。”

我们立刻就明白了，所谓的困难其实是没有经费。有传闻说酋长已经花光从他村子的工人那里抽的佣金，以及从我们这里拿到的钱。

“厄尔巴龙那会儿——”他又开始了。

在酋长进一步提及金钱前，马克斯巧妙地回避了，问他索要他收的六十叙利亚镑的收据。“政府会要的。”

酋长立刻转移了话题，说外面有一个他的好友兼亲戚，有只眼睛有点问题。我们能给看看，给点意见吗？

我们走入夜色，在手电的协助下查看了那人的眼睛。那只眼睛血淋淋的，完全超出我们的救助能力。马克斯说都这样了，必须去看大夫。越快越好，他补充道。

酋长点点头。他的朋友要去阿勒颇。我们会不会给他一封信交给那边的艾尔图扬大夫？马克斯同意了，而且说干就干，便问：“你说这个人是你的亲戚？”

“是的。”

“他叫什么名字？”马克边写边问。

“他的名字？”酋长稍回想了一下，“我不知道。我得问问他。”

酋长又一次冲进夜色，回来时告诉我们他亲戚的名字是马哈茂德·哈桑。

“马哈茂德·哈桑。”马克斯写了下来。

“还是说，”酋长问，“你们要的是他护照上的名字？他护照上的名字是达奥德·萨里曼。”

马克斯被搞糊涂了，问那人究竟叫什么。

“想叫他什么就叫什么吧。”酋长慷慨地说。

信件交付了，酋长佩回武器，愉快地祝福我们，而后和他神秘的跟随者消失在夜色中。

上校和帮浦争论起爱德华八世国王和辛普森夫人的逸闻，继而引发了婚姻的话题，自然而然又引出了自杀的话题！

我由他们继续辩论，自己上床休息了。

这天早上的风很强。风力越来越大，到午间已经是沙尘暴了。帮浦上土丘时戴了顶遮阳盔帽，在呼啸的风中带子成了大麻烦，最后都缠在了脖子上。热心肠的迈克尔前来营救。

“加油啊。”他用力拉着带子。

帮浦被越勒越紧，脸都紫了。

“再加点油啊。”迈克尔起劲地说，拉得更用力了，帮浦脸都黑了。最后他好不容易得救了！

下工后，暴脾气的安拉维和木匠瑟金斯吵得不可开交。这场架的由头照例是鸡毛蒜皮，却吵到要杀人的地步。

马克斯不得不去进行他的“学龄前教育”。他说他都快成一名校长了，这种讨厌的道德训讲对他来说已经易如反掌！

他的训话很有影响力。

“你们是不是以为，”马克斯诘问，“我和上校和卓，以及建筑师和卓心里的想法永远都一样？我们的意见就没有不同过吗？但我们会提高音量，会大喊，会拔刀吗？不会！这些事我们都先放一边，回伦敦再说！这里我们把工作放在第一位。永远是工作第一！我们会控制自己！”

安拉维和瑟金斯深受震撼，握手言欢。他们出房门时甚至互相礼让对方，好一道风景！

我们买了一辆自行车，是辆相当便宜的日本自行车，由男孩阿里使用。他很是得意，每周两次骑着它去卡米什利取邮件。

破晓时分，他神奇快活地出发了，大约在下午茶时分返回。

我有点担心，和马克斯说这条路挺长的，卡米什利在四十公里外。我确实草草地在脑中想过，也叨念过：“去二十五英里——回二十四英里”惊慌地补充，“那男孩骑不动吧。也太辛苦了。”

马克斯则说（在我看来挺无情的）：“哦，我不觉得。”

“他肯定会累坏的。”我嘀咕。我离开房间，去找过劳骑行的阿里。没有他的踪影。

德米特里过了半天终于明白了我的意思。

“阿里？阿里半小时前就从卡米什利回来了。他现在在哪里？他骑车去八公里外的杰玛耶尔村了，他在那儿有个朋友。”

我提着的心瞬间就放下了。晚餐时他还帮着侍候餐桌，神采奕奕的，毫无疲乏的迹象。

马克斯压低声音，半带奚落地问：“记得瑞士小姐吗？”

我回想起“瑞士小姐”和有它陪伴的时光。

我们首次在靠近摩苏尔的阿帕契亚发掘时养过五条混血狗，“瑞士小姐”是其中一条。这几条狗分别叫做（或被叫做）毛毛、波吉、白芳、假小子和瑞士小姐。波吉还是幼崽时就因为暴食克莱查死了，那是基督教的一些教派在复活节吃的一种特别油腻的点心。我们的基督徒工头买来一些，结果引发了一系列尴尬的局面。我们自己饱受其痛苦不说，一个来做客的女孩因为在喝茶时吃了也无辜遭殃，于是我们偷偷把剩下的喂给了波吉。没想到波吉爬到阳光下，大口吞下这份丰盛大餐，然后猝死了！这是喜极而亡——挺叫人羡慕的！在剩下的狗当中，瑞士小姐是领头的，因它是主人的心肝。它会在日落时分迎接下工的马克斯，马克斯则会卖力地逗它。然后狗儿们会以瑞士小姐为首在厨房边排成一列，叫到名字就一个个上前来领晚餐。

瑞士小姐在某次历险中断了一条腿，跛着脚病恹恹地回来了。我们要离开时，瑞士小姐的命运叫我很揪心。它腿折了，一旦我们不在了，它要怎么活下去？我说只有让它安乐死了，总不能让它饿死呀。然而马克斯不同意。他很乐观，向我保证瑞士小姐不会有事的。我说其他几只也许不会有事，他们可以自己找食，但瑞士小姐是个跛子。

争论继续，双方都越来越激动，最后还是马克斯赢了。我们走时塞了些钱给老园丁，央求他“照看狗儿们，尤其是瑞士小姐”，虽说心中并不抱太大希望。之后的两年，瑞士小姐的命运一直缠绕在我心头，我常常自责当时不够坚定。后来我们再经过摩苏尔时，出城去看了下老房子。房子空空的，没有任何生命的迹象。我悄悄对马克斯说："不晓得瑞士小姐怎样了？"

就在此时，传来一阵狗吠。门阶上蹲着一条狗——一条很丑的狗（瑞士小姐小时候也不曾美丽过）。它站起来，我才发现它走路时是跛的。我们喊它"瑞士小姐"，它晃了晃尾巴，依然低吼着。接着，从树丛中出现一只小狗，向母亲跑过去。瑞士小姐肯定找到了一位帅丈夫，因为小狗仔很是可爱。母子温和地看着我们，虽然并没认出我们。

"看到吧，"马克斯得意地说，"我跟你说过它会没事的。它一点不笨。瑞士小姐很机灵，自然会活得好好的。要是我们杀了它，它可错失了美好的时光啊！"

打那以后，但凡我陷入焦虑的情绪，"瑞士小姐"这个词能让我安心许多！

骡子最终没有买。不过买了一匹马——一匹真正的马，不是老妇人，而是一匹大马，我们买下了一匹马王。和马一起来的还有位索卡西亚人，看样子和马无法分割。

"好棒啊！"迈克尔的声调充满了钦慕，"索卡西亚人对马了如指掌。他们以马为生。这个人对马真是无微不至！他多有礼貌啊！对我多客气啊！"

马克斯毫不动容，表示时间会证明一切。这人被引荐给我们。他模样欢愉，穿着高筒靴，叫我想起了俄国芭蕾。

今天我们有位法国同事从马里来访。和他一同来的是他的建筑师。他和许多法国建筑师一样，长得就像级别较低的圣徒。他留着稀疏的没有特征的胡子。他只在谢拒每一道菜时礼貌地说句“谢谢，太太”①，除此之外不发一言。巴洛特先生解释说他胃难受。

愉快的会见总是短暂，他们又要离开了。我们很羡慕他们的车。巴洛特先生唏嘘道：“没错，这是辆好车，但太快。实在太快。”他又补充：“去年她害死了我的两个建筑师！”②

他们上了车，圣徒模样的建筑师当司机，他们以六十英里的时速绝尘而去——歪歪扭扭地穿过库尔德人的村子，一路坑坑洼洼。看样子又有一个不顾前车之鉴的建筑师会成为这台疯狂车子的受害者。怪就怪车子！而不是踩油门的人。

法国军队正在演习。上校激动不已，军事热情立刻被点燃了。然而他向军官们的热切提议却受了冷待。他们对他抱着戒心。

我告诉他，他们觉得他是间谍。

“间谍？我？”上校愤愤不平地诘问，“他们怎么想得出来？”

“好吧，显然他们是这么想的。”

“我只是问了几个简单的问题。这些事在技术层面上是挺有意思的。但他们的答复很含糊。”

---

①② 原文为法语。

可怜的上校很失望，兴冲冲地去聊聊老本行，结果一棒子被打了回来。

这场演习从另一个角度叫我们的工人起了担忧。一个神情严肃的大胡子男人来找马克斯。

“和卓，当兵的会影响我的生意吗？”

“不，当然不会，他们根本不会影响发掘。”

“我不是指这活，和卓，是说我自己的生意。”

马克斯问他的生意是什么，他自豪地答说是走私烟草！

在伊拉克边境走私烟草简直是门精密的学问。海关的车哪一天来了村子，第二天走私贩就来了。马克斯问海关的车是不是从不掉头回村子查。那人面露谴责，说当然不会。如果他们回过来，那一切就乱了。照现在的样子，工人们开心地抽着烟，一百根才花上两便士。

马克斯问了一些工人，他们平时到底有哪些开销。工人要是来自比较远的村子，多数都会带一袋面粉，可以吃上十天。村子里有人帮他们做面包，因为要他们自己做是有失尊严的。他们偶尔吃点洋葱，有时是米饭，或者喝点酸奶。算了算，我们发现每人每周也只要花两便士！

两个土耳其工人轮流来焦急地询问当兵的。

“他们会给我们带来麻烦吗，和卓？”

“他们怎么会给你们带来麻烦？”

显然，土耳其人一般不过境干活。不过我们的一个挖掘工还是安慰他。“不会有事的，”他说，“戴着头巾。”

在这个地方戴帽子可不轻松，会引来裹头巾的阿拉伯人和库尔德人的嘲弄，他们会轻蔑地边指边喊："土耳其人，土耳其人！"那个不幸的人只不过因为穆斯塔法·凯末尔的命令而戴了欧式帽子。在这里"戴帽者无安宁"。

今晚晚餐后，忧心忡忡的费尔希德进屋来，以绝望的语气报告说酋长带着两个妻子来找可顿求诊了。

我有点紧张。显然我的医术名声在外，我实在是受之有愧。平日里，库尔德女人毫不避讳地描述她们的症状并由马克斯转告我，阿拉伯女人要羞涩得多，只当我独处时才来找我。之后的场景就像一出默剧。头痛很容易表示，病人恭敬地接过阿司匹林。红肿的眼睛或其他眼疾显而易见，不过要解释硼酸的用法就比较困难了。

"麦哈尔。"我说（热水）。

"麦哈尔。"他们重复。

然后我用一小撮硼酸演示："米索哈达。"

默剧以洗眼收尾。

病人于是效仿喝下大量水。我摇摇头。外用在眼部。病人有些失望。不过第二天我们从工头那里听闻阿布·萨雷曼的妻子用了可顿的药大有好转。她用它洗了眼睛，然后把剩下的都喝了，一滴不剩！

最常见的动作是揉肚子。

这有两种含义：（一）消化不良；（二）不孕。

小苏打对第一种情况很管用，而且竟也为第二种情况赢得了些许赞誉。

“可顿的白色粉末在上一季发生了奇迹！我现在有了两个强壮的儿子——双胞胎！”

检视着以往的成果，我还是因眼前的考验发着抖。马克斯向来乐观，此时也为我鼓气。酋长说他的妻子受眼疾折磨。这该是硼酸能搞定的简单事。

酋长的妻子们自然和村妇不同，她们蒙着面纱。于是我们在一间空的储藏室放了盏灯，我要在那里会见病患。

我本来就不安，去咨询室的路上上校和帮浦还在说着粗鄙的笑话，使劲跟我捣乱。

屋外，大约有十八个人站在夜色中。酋长见到马克斯很高兴，大声地打招呼，并指指一个高高的戴着面纱的人。

我礼节性地打了招呼，领她到小储藏室。跟我进来的并非一位女子，而是五位。她们都很兴奋，有说有笑的。

门关上了。马克斯和酋长待在门背后，以防有需要翻译的地方。

这么多女人叫我有点晕。她们都是酋长夫人吗？她们都需要诊疗吗？

面纱摘下了。其中一个女子又高又瘦——很漂亮。我猜想她就是用土地预付款新娶回来的雅兹迪女子。大太太年纪长许多，她看上去四十五岁，不过实际可能也就三十岁。女人们都穿金戴银，都是那种快活又漂亮的库尔德人。

中年女子指指眼睛，又紧紧捂住脸。天哪，这可不是什么硼酸能治的病。她病得不轻，应该是严重的败血症。

我提高嗓门和马克斯说，是败血症，她得去代尔祖尔或阿勒颇找大夫或医院，接受注射治疗。

马克斯转告了酋长，酋长对诊断结果似乎很震惊。马克斯大声喊着：

“他很欣赏你的聪慧。巴格达的医生说过和你一样的话。他也说她需要注射[①]。既然你也这么说，酋长会慎重考虑。他肯定不久就会带妻子去阿勒颇。”

我说，最好立刻带她去。

夏天就去，酋长说，最晚到秋天。不着急。一切都由安拉指引。

小妾们这会儿在兴致勃勃地研究我的衣服。我给了病人一些阿司匹林减轻疼痛，又叮嘱用热水，等等。不过，她对我衣物的兴趣要远远大过对自身疾病的关心。我端出了土耳其软糖，我们都有说有笑，轻抚着彼此的衣服。

最后，女人们戴回面纱，依依不舍地告辞了。我回到起居室，神经都快崩溃了。

我问马克斯他觉得酋长会不会带她去医院，马克斯说估计不会。

今天迈克尔去卡米什利，除了带去要洗的衣物，还有许多

---

① 原文为法语。

东西需要采购。迈克尔不会读写，但他记性好，每件东西的价格都记得清清楚楚。他的耿直诚实抵消了身上许多讨人厌的毛病。我会这样排列他身上的毛病：

1. 高嗓门；

2. 喜欢在人家窗户下敲打“突滴”；

3. 好斗嘴。

今天有很多摄影方面的活，我被领去了“暗室”。这间工作室无疑比阿慕达的“酷刑室”好许多。我可以站直，甚至还有桌椅。

但泥砖墙是在我到达前几天才加建的，还未干透。墙上长了奇怪的菌菇。要是大热天待在里头，可得闷个半死！

马克斯有次给了坐在屋外洗陶罐的男孩一块巧克力。今晚，这个小男孩拦截了他。

“和卓，请告诉我那种甜食的名字吧？它的味道太好了，我不再想吃集市上的糖果了。我一定要买这种甜食，哪怕它要花一个美济迪！”

我对马克斯说他调教了个小瘾君子。巧克力无疑也会让人上瘾的。

马克斯提到去年他给过一位老者一块巧克力，情况就不同。老者礼貌地感谢他后，将巧克力收在袍子里。迈克尔多管闲事地问他会不会吃。“好东西。”迈克尔说。老者简单地回答：“新东西。可能有危险！”

今天不做工，我们去布拉克做些准备工作。土丘离杰格杰盖河有一英里，首先要解决的就是饮水问题。我们已派当地人在土丘边挖了一口井，但水是咸的，无法饮用，还得从河里取水。因而便有了那个索卡西亚人、货车和水桶（以及马，而非老妇人）。另外我们在发掘现场还需要一位守夜人。

至于我们自己则打算在河边的亚美尼亚村庄里租幢房子。这里的大部分房屋无人居住。村落的兴建最初花了大量钱财，不过并未按照事情的轻重缓急。这些房屋（在西方人眼中可能只是些寒碜的棚屋！）建造时野心过大，空间太大，有过多华而不实的装饰。这样经费不够了，灌溉用的水车——也是村落必需的设施——只好敷衍了事。这个村落开始实行的是集体共有制。工具、牲畜、犁等都由公社提供，生产收益则作为公社的支出。然而真正的情况是，人们一个个厌倦了荒野的生活回到城市，离开时带走了工具器具。结果这些东西需要长期补给，而留下来干活的人负的债越来越多，这也令他们非常困惑。水车最终没能转起来，村庄也退化成一座了无生气的荒村。我们租下的房子很气派，庭院四周有墙，其中一边有两层楼高的“塔楼”。塔楼的对面是一排房间，每间都和庭院相通。木匠瑟金斯正忙着修缮门窗，这样有几间屋子就可以住人了。

迈克尔被派到几英里外的村子去接土丘的新任守夜人和他的帐篷。

瑟金斯报告说塔楼的房间已经收拾妥当了。我们爬上几个台阶，穿过一个小小的屋顶平台，走进两间屋子。我们都觉得里间可以放上几张行军床，外间则可供我们用餐等。窗户上装了几块带铰链可以开合的木板，不过瑟金斯之后会安上玻璃。

迈克尔回来报告说，要他送到丘上的守夜人有三个妻子、八个孩子、许多袋面粉粮食，以及一大群牲口。不可能把他们全捎上车。他该怎么办？

他带着三叙利亚镑又出发了。马克斯让他带上他能带的，其余的东西可用驴子运。

索卡西亚人突然赶着运水车出现了。他唱着歌，挥着长鞭。货车漆成了亮蓝色和黄色，水桶是蓝色的，索卡西亚人又穿着高筒靴和鲜艳的衣服。整个场面比以往更像是一幕俄国芭蕾。索卡西亚人摇摇晃晃地下了车，挥着鞭子，继续唱着歌。他显然是喝得烂醉了！

又一只迈克尔的天鹅！

索卡西亚人被解雇了，一个叫阿布杜·哈桑的人接任了他。这人样子严肃而忧郁，自称懂马。

我们启程回家，在离恰加尔两英里的地方耗尽了油。马克斯火冒三丈，骂起迈克尔来。

迈克尔上举双手哭嚎着，像是受了多大的委屈。

他完全是为我们的利益着想。他希望不浪费一滴汽油。

“傻瓜，我没告诉过你始终加满油，再多带一罐吗？”

“没有地方多放一罐了。再说，可能会被偷掉。”

“那你干吗不把油箱灌满？”

“我就是想看看这点油能让车跑多远。”

“白痴！”

迈克尔想缓和下气氛，说“试一试”，激得马克斯怒吼了一声。这位仁兄依然表现得一脸无辜，好像受了什么不公，我们真想把“加油啊”这句还给迈克尔！

我们最终到了家，迎接我们的是费尔希德的“退休”辞呈，因为他和阿里争吵不断！

第八章

恰加尔和布拉克

人无完人。我们的两个男仆中，萨布里毋庸置疑是更出色的。他聪明、敏捷，适应性强，又永远那么快活。这和他凶猛的外貌，以及枕头下放把锋利大刀的习惯完全不搭调！再者，每次他请假，都是去拜访因为谋杀监禁在大马士革或其他什么地方的亲戚！萨布里严肃地说，这几宗谋杀都是必需的，关乎到家族荣誉。判刑都不长，也促生了这种现象。

至今为止，萨布里是最称心的仆人，不过曼苏尔资辈较高，做了首席男仆。关于曼苏尔，马克斯有句名言：笨到只能做老实人。说白了，他是个不招人喜欢的家伙！

曼苏尔既然是首席男仆，便负责照料马克斯和我；上校和帮浦则由聪明快活的萨布里照料。

有时天还没亮，曼苏尔就搞得我一肚子火！他敲了大约六次门后才进房间，大概不相信好几遍"请进"是对他说的。他站在屋里，重重地呼吸着，端着两杯浓茶，努力保持着平衡。

他呼哧呼哧地喘着气，拖着步子慢慢走近，在床边的椅子上放下一只杯子，茶水一大半都洒在了碟子里。跟他同时袭来的是一股浓烈的味道，洋葱味算是最好的了，最可怕的是大蒜味。哪种都不讨喜，这才清晨五点。

洒出来的茶水叫曼苏尔的信心也洒了大半。他望着茶具，摇摇头，迟疑地用拇指和另一根手指拨弄着。

半清醒状态的我怒喝："别管了！"

曼苏尔吓了一跳，呼吸更重了，他拖着步子穿到屋子另一边，在马克斯身边重复了这一幕。

接着，他的注意力转移到了脸盆架。他小心地端了搪瓷盆到室外，倒了水，再往空盆里倒了约莫一英寸水，端回来，用一根手指使劲刷洗。这就得费上十分钟。然后他叹口气走出去，带回一煤油罐热水，咚地放下，啪嗒啪嗒走出房间，用力带上门，砰的一下门又弹开了！

我喝了凉却的茶，起床，自己动手洗净脸盆，倒掉水，关好门，开始新的一天。

早餐后，曼苏尔认真地"整理起卧室"。他在脸盆架周围泼了一大摊水后，开始第一步：掸灰。他非常仔细和讲究，干得虽然不差，就是耗时过长。

曼苏尔对第一阶段挺满意，便出门取了把扫帚，开始猛扫一通。于是房间里尘埃飞扬，叫人无法呼吸。接着是铺床，铺好后不外乎两种情况：要么睡进被窝双脚暴露在外；要么被褥一半塞在床垫下，在床铺上的只够盖到腰部。且不论床单盖在毯子上、一只枕头盖两条枕巾之类的小细节了。这些天马行空的壮举只在换洗床褥的日子发生。

最后，曼苏尔点头认可，离开房间时人累得都有些晃悠，一方面是精神紧张所致，另一方面他也花了力气。在工作上，他相当尽心尽责，这种态度也获得了伙伴的敬重。厨子德米特里认真地对马克斯说："萨布里是自觉勤奋，但他缺乏曼苏尔的知识和经验，人家可是在和卓手上调教出来的！"马克斯不想破坏纪律性，只好表示同意，不过他和我不无艳羡地看着萨布里潇洒地叠好了上校的衣服。

我曾经想调教曼苏尔做家务，但以失败告终。我把他弄糊涂不说，还激起了他的牛脾气。

"可顿的想法不实际。"他不太开心地对马克斯说，"她要求我把茶叶放在地板上。可茶叶是放在茶壶里泡茶喝的。还有，怎么能扫完地后再掸灰呢？我先把桌子上的灰尘掸到地上，再扫地，这才是合理的。"

曼苏尔在所谓事情的合理性上很顽固。上校要求在他的酸奶里加果酱，立马被曼苏尔驳回："不，这是不必要的！"

曼苏尔身上附着着些军人的痕迹。召唤他时他迅速地回答："到！"① 午餐晚餐时他扼要地宣布："用餐！"②

一天之中，曼苏尔真正如鱼得水的日子是晚餐前的洗浴时间。这期间曼苏尔只管指导，不用亲手做任何事。在他的指挥下，费尔希德和阿里用煤油罐将开水和冷水（都是泥）从厨房提进来，摆好浴盆——一个尺寸很大的圆铜盆，就像放大的熬

①② 原文为法语。

煮用的广口锅。稍后，还是在曼苏尔的监督下，费尔希德和阿里摇摇晃晃地搬出铜锅，将水倒掉。他们通常就倒在大门口，因此如果你晚餐后不小心踏出去，会在湿滑的泥地上摔个底朝天。

阿里自从被提拔为邮差且获得了自行车后，便不再干杂活了。费尔希德手上则有了清洗不完的家禽和一日三餐后的洗刷任务，他做这些事几乎光用肥皂而不用水。

偶尔我会进厨房给德米特里"演示"几道欧洲菜式的做法。这时厨房便执行起最高卫生标准。

如果我拿起一只干净无瑕的碗，立刻就被夺去交给费尔希德。

"费尔希德，把这个洗干净给可顿用。"

费尔希德抓住碗，在碗内仔细地抹上黄肥皂，在肥皂面轻快地摩擦一通，再递还给我。虽说想到混着肥皂味的蛋奶酥内心惶恐，我还是强忍着继续。

整个过程都叫人头皮发麻。首先，厨房的温度通常有 37 摄氏度，为了不让温度再升高，只留一个小孔透光，于是整间屋子又闷又黑。此外，我身边围了一张张充满信任和敬意的面孔，反而叫场面更加紊乱。除了德米特里、尽忠职守的费尔希德、傲慢的阿里，还有来视察进展的萨布里、曼苏尔、木匠瑟金斯、取水工和各种当时在房子里干活的人。厨房很小，人却扎堆。他们拥在我身边，用欣赏和崇敬的目光盯着我的每个举动。我开始紧张起来，觉得肯定要搞砸了。我掉了枚鸡蛋在地上，鸡蛋碎了。大家对我真是信赖，竟都以为这是正常的程序！

我继续，感到身体越来越热，脑子越来越错乱。锅子和我用过的都不同，打蛋器的手柄居然是活动的，每件用具的形状和尺寸都很奇特……我努力让自己镇静下来，暗自决定不论成品好坏，要表现得那就是我想要的结果！

结果喜忧参半。柠檬酪大获成功；酥饼难以下咽，被我们悄悄扔了；香草蛋奶酥奇迹般成功了；不过马里兰鸡扒（后来才知道是鸡太老的缘故）硬得没人咬得动！

至此我清楚该传授什么，又该放弃什么了。需要趁热吃的菜式在东方是不合适的。煎蛋、蛋奶酥、薯条得提前一小时预备好再进烤箱，这是铁的程序。不过，不管多么精良的菜式，只要是需要花时间做前期准备且保存期长的，基本都会成功。蛋奶酥和煎蛋只得可惜地从德米特里的菜单上删除了。不过德米特里做的蛋黄酱味道好极了，而且次次都很成功。

烹饪方面另有桩趣事，和我们熟知的“薄片牛排”有关。我们对这道宣称的佳肴寄予了一次又一次厚望，端上来的却总是煎得卷起来的的软骨肉片，每次都希望破灭。

“这个，”上校失望地说，“吃上去都不像牛肉。”

原因很简单：根本没有牛肉。

肉类采购全权交给迈克尔，他会不定期开车去邻村或附近的部落。他回来时打开“玛丽”号的后盖，从里面掉出八头羊！

这些羊按需每次宰一头。为了我着想，严禁正对卧室窗户屠羊！我也见不得费尔希德举着长刀走向鸡群的画面。

工人们纵容着可顿的神经质，只当是另一种西方怪癖。

有一次我们在摩苏尔附近发掘，当时的工头兴奋地找到马克斯。

“明天你一定带你的可顿去摩苏尔。有大事。有绞刑！一个女人。你的可顿会喜欢的。她一定不能错过！”

我的冷淡，准确地说是发自内心的厌恶，叫他很惊愕。

“那可是个女人，”他没放弃，“我们很少绞死女人。是个库尔德女人，她毒死了三个丈夫！可顿绝对不想错过那个吧！”

我坚定的拒绝使自己的形象在他心中大大降低。他落寞地走了，孤身去享受绞刑的乐趣。

也有其他事会触发一个人的神经质。我们并不关心鸡和火鸡的命运（咯咯叫、不讨喜的家伙），但鹅就不同了。我们有次买了只肥鹅，不幸地发现，它太友好了。显然它在原来的村子像家庭成员一样生活着。第一晚它奋力要和马克斯共浴，老是推门，伸进长嘴，表现出一副“我好孤独”的样子。日子久了我们也就由着它，没有人下得了手把这只鹅杀了。

最终厨子自己动手了。色香俱全，以本地做法塞满馅料，端上了餐桌。天哪，没有人咽得下去。这是有史以来我们吃过最不愉快的一餐。

帮浦也丢了次脸。有一天德米特里神气十足地端上一头全羊——头、爪和全身。帮浦只看了一眼，便撒腿逃了出去。

回到“薄片牛排”的问题上。一头羊被屠宰分解后，按以下的顺序上菜：前腿连肩部分填满香料米饭然后缝合起来（德米特里的大菜）；然后是腿肉；然后是一盘以前在战时称为“可食内脏”的东西；然后是混合了米饭的炖菜；最后是最不齿的，不配放在其他菜里的部分，拿来煎炸良久，直到缩成小片嚼也嚼不动的肉——这道菜就是“薄片牛肉！”

土丘的发掘工作开展得很顺利。下半部分原来都是史前地层。我们选了一处，从丘顶一直深挖到未垦部分。这样我们得到了延续的十五层遗址地层，底下十层是史前的。公元前1500年后，这个土丘就被荒弃了，可能是因为剥蚀作用，地层状况已不佳。照例有些叫人扫兴的罗马人和穆斯林的墓葬。为了不伤害穆斯林工人的感情，我们总是统称为罗马人，但工人们才没那么恭敬。“我们挖的是你爷爷，阿卜杜勒！”“你爷爷！达奥德！”他们互相打趣大笑。

我们发现了许多有趣的兽形护身符，都是很典型的式样。不过，突然出现了一批相当奇特的式样。一只小黑熊，一只狮子头，还有一个奇怪的原始人。马克斯起了疑心，尤其对那个原始人。看样子有个造假者。

“别说，这家伙还挺聪明的。”马克斯说着，将熊转过来欣赏着，“好手艺。”

侦破工作开始了。这些东西都是在发掘现场的一角被发现的，发现者总是两兄弟中的一个。他们来自十公里外的一个村子。有一天，在另一处挖掘地出土了一个可疑的黑褐色的“勺子”。“发现”的人来自同一个村子。小费照发了，没多说什么。

然而，到了付薪日来了场大曝光！马克斯将赝品摆了出来，发表了一通慷慨激昂的演说，谴责这种欺诈行为，而后当众销毁了赝品（出于好奇他留下了那只熊）。制作者被开除，他们离开时却兴高采烈，尽管还在大声嚷嚷，表示自己是无辜的。

第二天人们在发掘现场窃笑。

“和卓知道的，”他们说，“他对文物很懂行，骗不了他的眼睛。”

马克斯有点难过，因为他很想知道仿造品是怎么做的。他很欣赏这位工匠精湛的手艺。

我们现在可以想象恰加尔的样子了，它必定出现在三五千年前。在史前世纪，它一定位于商队频访的路线上，这条路线连接了哈兰和哈拉夫遗址，经由辛贾尔山进入伊拉克和底格里斯河流域，到达古老的尼尼微古城。在这张贸易大网中，恰加尔是枢纽之一。

在出土文物中不乏个人印记——一位陶匠在一个小罐底部烙上了他的名号，这个罐子藏在墙里，里头装满了金耳环，可能是这家女儿的嫁妆。还有距我们的时代更近的个人印记。在穆斯林墓葬中发现了一个大约1600年的金属筹码，上面铭刻着“纽伦堡的汉斯·克劳温科尔”，述说着当时这块偏僻的地方和欧洲的联系。

在大约五千年前的地层，发现了一些可爱的饰纹陶器。这些纯手工制品在我眼中是真正的艺术品。

自然也有那个时期的圣母像。胸部丰满、包着头巾的人像——怪诞原始，却无疑是求助和抚慰众生的化身。

陶器上“牛头”图案的演变脉络也渐渐清晰了，先是简单的动物头部，随后写实性减弱，几何性加强，直到变成抽象的式样。（我惊惶地发现，这图形和我的印花丝绸连衣裙上的图案一模一样！哦，好吧，“牛头”听起来要比“流动的菱形”顺耳得多！）

在布拉克丘墟开挖的日子到来了。真是个庄重的时刻。

在瑟金斯和阿里的协力下，一两间屋子收拾停当了。取水工，大马（不是老妇人），货车，水桶——一切就绪。

上校和帮浦前一晚抵达布拉克，在那儿过了一夜，黎明时分就上了土丘。

马克斯和我大约八点抵达。可怜的上校一整夜都在勇斗蝙蝠！看样子塔顶的房间已经被蝙蝠占领了——那是上校最反感的生物。

帮浦报告说，他夜里每次醒来就看到上校甩着浴巾，在房间里横冲直撞地赶蝙蝠。

我们待了一会儿，观察发掘的进展。

取水工沉着脸走来，向我倒了长长一通苦水。马克斯终于过来了，我拜托他去搞清事情的原委。

原来，取水工在靠近杰拉布鲁斯的地方有个妻子，还有十个孩子。见不到妻儿叫他安不了心，他能不能预支些钱将他们接过来呢？

我恳求马克斯答应，而他有点犹豫，觉得房子里多个女人会添麻烦。

我们回恰加尔的路上，遇到了一大批工人，他们正穿过乡野要去新的挖掘地。

“感谢真主！”① 他们喊着，“明天会有活吗？”

“有，有活。”

他们赞美了真主，继续前行。

在家过了两天清闲日子，是时候开始布拉克的工程了。到目前为止那儿还没什么大发现，但前景一定不错，而且房子也修缮妥了。

今天从南面吹来一股强风——最可恶的风，吹得人暴躁不安。我们开始做最坏的打算，准备胶鞋、橡胶雨衣和伞。虽然瑟金斯拍着胸脯说屋顶修好了，但我们不敢当真。借用迈克尔的口头禅，今夜是“试一试”。

去布拉克要穿越没有路的乡野。半道上，我们赶上了两个跋涉去“干活”的工人。因为还有空间，马克斯就停下“玛丽”号载上他们，引来一阵欢呼。有只狗跟在他们脚边，脖子里缠了一小段磨断的绳子。

那两人上了车，迈克尔准备发动。马克斯问，狗呢？带他

① 原文为转写成拉丁字母的阿拉伯语。

们的狗一起上来吧。不是他们的狗，他们说。是从沙漠里冷不丁跑出来的。

我们仔细看了看狗。虽然不知品种，但肯定是欧洲混血犬！它的外形像史凯犬，毛色像丹地丁蒙狗，还有一点像凯安犬。它身子硕长，长着明亮的琥珀色眼睛和寻常的淡褐色鼻子。它表现得既不可怜也不胆小——和东方的狗的脾性很不一样。它安逸地坐着，轻摇着尾巴，欢快地打量着我们。

马克斯说带上它，命令迈克尔去抱它上车。

迈克尔往后一缩。“它会咬我的。”他不放心地说。

“就是，就是。”两个阿拉伯人说，“它肯定要吃你们的肉！最好别管它，和卓。”

“抱上车，该死的笨蛋。”马克斯吩咐迈克尔。

迈克尔紧张地上前，狗儿愉快地将头转向他。

迈克尔撒腿逃了回来。我没了耐心，跳下车，抱起狗回到“玛丽”号上。它瘦得皮包骨头。我们开回布拉克，将新来的狗交给费尔希德，嘱咐给它一大块肉。我们还争着为它取名，最后决定叫奥斯塔彭柯小姐（因为我正在读《托彼得移居记》)。不过在帮浦的调教下，奥斯塔彭柯小姐只认“嗨哟”这个名字。“嗨哟”的性格很好。它热爱生活，无比勇猛，不惧怕任何人和事。它脾气极好，对喜欢的事情总是下定决心。显然它和猫一样有九条命。如果它被关起来了，总会想法出来；要是关在外头，又会想法进来——有一次在泥墙上咬了个两英寸的洞。它每餐必到，根本抗不过它的执拗劲。它不乞求——而是要求。

我觉得肯定是有人想淹死“嗨哟”，引它出门，将绳子一头系在它脖子上，另一头绑了石头。但“嗨哟”对生的渴求如此强烈，它咬断绳子，游上岸，欢快地穿越沙漠，以它准确无误的直觉挑选了那两个人。“嗨哟”一直跟着我们，除了杰格杰盖河，去任何地方都有求必应，这证实了我的理论。它稳稳地站立在小路对面，摇了摇头，回到房里。“不，谢谢，”它说，“我不喜欢被淹死。没劲！”

我们开心地获知，上校这夜过得不错。瑟金斯补好了屋顶，赶走了大部分蝙蝠。另外，上校也折腾了一个颇有希斯·罗宾逊风格[①]的装置——一个盛水的大碗，蝙蝠落进去后就会淹死。上校解释说原理很复杂，为了准备这玩意他牺牲了不少睡眠时间。

我们爬上丘堆，在避风的地方吃了午餐，不过还是吃得满嘴风沙。大家都很欢乐，就连忧郁的取水工也面露骄傲，一趟趟去杰格杰盖河补给用水。他将车赶到丘脚，再由驴子将水罐载上来。整个画面像是对《圣经》的描摹，令人沉醉。

收工了，我们互相道别，上校和帮浦坐着“玛丽”号去恰加尔，我们则留在布拉克照料两天。

塔顶的房间很迷人。地上铺着席子，放着些毯子。我们有

---

① 希斯·罗宾逊（1872—1944）是英国漫画家和插画家，此处形容富有巧思而不实用。

一个水罐，一个脸盆，一张桌子，两把椅子，两张行军床，毛巾，床单，毛毯，甚至还有书。窗户加固了，并不牢靠。我们上床休息前吃了风味别致的一餐，由阿里烹饪、阴郁的费尔希德侍应。大体上是菠菜泥，里头有点细碎的料，我们怀疑又是“薄片牛肉！”

一夜平安。只有一只蝙蝠现形，马克斯用火把将它引了出去。我们决定告诉上校，他关于上百只蝙蝠的描述大有水分，估计是酒精作用下的产物。清晨四点一刻，马克斯喝过早茶就去了丘上。我又睡了。六点钟我的早茶端来了。马克斯八点回来吃早餐。早餐很丰盛：煮鸡蛋、茶、阿拉伯面包、两罐果酱和一罐蛋奶沙司粉。几分钟后，第二道菜上来了——炒蛋。

“太热情了。”① 马克斯嘟囔了一句。我们怕再上来一盘煎蛋卷，传话给不在场的阿里，表示我们已经满意了。费尔希德叹了叹气，去厨房捎话了。他回来时皱着眉头，满脸困惑和焦虑。我们担心闯了什么大祸，不过并没有，他仅仅问了句：“你们要在午餐时上柑橘吗？”

中午帮浦和上校回来了。帮浦的遮阳帽在大风天给他带来很多麻烦。迈克尔跑来帮忙，可帮浦想到之前的经历，机智地避开了他。

我们午餐一般吃冷肉和沙拉，但阿里雄心勃勃想做更好的，

① 原文为法语。

于是我们吃到了微温半熟的炸茄块、凉而油腻的炸土豆、炸得很硬的“薄片牛肉”和提前几个小时就浇了调味酱的沙拉，总之是一堆冷掉的油腻的绿色玩意！

马克斯说他不想给阿里泼冷水，但他不得不控制下阿里的想象力。

我们撞见阿布迪·萨拉姆利用午餐时间对工友们发表着长篇的道德说教。

“你们多幸运啊！”他一边挥舞着手臂一边喊，“事事不都为你们做好了吗？难道不都为你们考虑周全了吗？你们可以带自己的食物，在房子的庭院里吃午餐！拿着丰厚的报酬——是啊，不管你有没有找到东西，钱都照付。多慷慨啊，多高尚啊！这还没完！除了报酬，你们发现的每件东西都另外付钱！和卓像父亲一样照看你们，甚至不让你们互相伤害！你们发烧，他给你们药！你们肠子不通，他给你们最好的药！你们多开心，多幸运啊！慷慨的事多着呢！他让你们渴着去干活吗？他让你们自己去搞水喝吗？没有！真没有！虽然没有义务，他出于慷慨把水送到丘上，一路从杰格杰盖河运来！用一匹马拉车运水花销可大了！想想那笔开销，花费！你们被这样一个人雇来是有多大的福气啊！”

我们悄悄溜走了，马克斯若有所思地说，奇怪怎么没人把阿布迪·萨拉姆给干了。要是他，肯定早把他杀了。帮浦说恰恰相反，工友们听得可带劲了。是真的，他们纷纷点头和赞赏，有个人对另一个说：“他说得有道理，是送水给我们喝，待我们确实很慷慨。他说得对，我们是幸运的。阿布迪·萨拉姆是个聪明人。”

帮浦说他们这股子劲叫他开眼界了，可我有不同的感触。我想起孩童时听道德故事是多么津津有味！阿拉伯人的生活态度有几分孩童般的天真。好说教的阿布迪·萨拉姆比开化、真性情的安拉维更得人心。阿布迪·萨拉姆还是个很棒的舞者，在布拉克的夜晚，人们聚集在我们的庭院里，在阿布迪·萨拉姆的带领下跳起了复杂的舞蹈——或者说是跳成了某种样式——有时一直跳至深夜。第二天清晨五点他们又出现在土丘上，这真是个谜。更让人想不通的是，住在三十、五十、十公里开外的人每天日出时都能准点到达！他们没有钟表，出发时间也有先后——有的在日出前二十分钟，有的则提前一个多小时——但就在日出的一刻，他们齐聚到了丘顶，不早也不晚。同样令人惊奇的是，收工时（日落前半小时）他们扔掉篮子，笑着，扛着尖镐，兴高采烈地跑——是的，跑十公里回家！他们仅有的休息就是早餐的半小时和午餐的一小时，而且按照我们的标准他们一直都是营养不良的。确实他们干活的状态比较悠闲，也就是心血来潮时一鼓作气干一阵，但毕竟是辛苦的体力活。挖掘也许是最轻松的，凿松地表后就坐下来抽支烟，等着铲工将土装篮。运篮子的小工没有歇息，除非自己忙里偷闲。他们倒很擅长于此，倒土慢吞吞的，翻查个篮子就能花上半天。

总体来说，他们是一群相当健康的人。患眼疾的不少，他们特别关心的则是便秘！我觉得患肺结核的应该也不少，是西方文明带来的。但他们的恢复能力惊人。一个工人的脑袋被工友割破了，伤势不轻。工人跑来找我们缝合伤口，我们建议停工修养，他显得很诧异。“什么，就为这个？头痛都算不上！”两三天内整个创面就愈合了，尽管他回家后自己的处理肯定是不卫生的。

有个工人腿上长了个很疼的大疖子，马克斯打发他回家，因为他正发着烧。

“工资照付，跟你在这儿一样。”

那人咕噜了几句，离开了。但当天下午马克斯突然看到他在干活。“你在干什么？我让你回家啦。”

“我回家了，和卓（八公里）。但回到家很无聊。没人说话！只有女人。所以我回来了。瞧，快好了，肿包已经破了！”

今天我们回到恰加尔，另两位则来布拉克。回到自己的房子人一下就放松了。我们发现房子里贴满了上校的布告，大多都霸气凌人！他还热情地做了大扫除，以至于我们要什么就找不到什么。我们要报复！谋划了半天后，我们从旧报纸上剪下辛普森太太的照片，钉在上校的房间里！

有一堆摄影和冲印的活儿。天很热，我从暗室里出来时觉得自己就像墙壁上的霉菌。大家忙着供给我相对干净的水。先滤掉大团泥块，再用脱脂棉过滤，分装到各个容器。处理负片时，至多只有空气中的散沙散尘了，结果叫人很满意。一个工人来找马克斯，要请五天假。

“要去干吗?”

“蹲几天牢。”

今天的一场大营救叫人难忘。夜里下了场雨，今早地面还是湿答答的。大约十二点，一名粗犷的骑手策马到来，他疯狂的样子好像是从艾克斯带好消息到根特[①]似的。只不过他带来的是坏消息。上校和帮浦在来找我们的路上陷在了泥里。骑手过来取铲子马不停蹄地先去救援，我们则召集了以瑟金斯为首的营救小组，他带了五个人，拿上铲子、木板，唱着小曲，坐上“法国兵”快活地上路了!

马克斯在他们身后喊，别把自己陷进去。这事还真就发生了，不过还好离“玛丽”号遇难的地方只有几百码。“玛丽”号的后车轴埋在泥里，车上的成员已经筋疲力竭，不仅因为花了整整五个小时试图把车挖出来，而且快被迈克尔一厢情愿的激励和指挥逼疯了：他用一如既往的男高音不停地喊“加油啊!”，并相继撬断了三个千斤顶。有了大力士工友（按块头来说）的支援和瑟金斯合理的指挥，“玛丽”号从泥里爬了出来。它上来得相当突然，溅了大家一身泥，在其身后则留下个大坑，上校将它命名为“‘玛丽’的坟墓”。

我们到布拉克以来下了不少雨，瑟金斯修的屋顶有点扛不

---

① 出自罗伯特·布朗宁的叙事诗《他们如何把好消息从根特带到艾克斯》。

住了。窗台板也坏了，阵阵风雨刮进了房间。好在降雨最厉害的那天是我们的“休息日”，工作没有耽搁，不过去柯卡布火山的计划泡汤了。

顺便一提，这事差点引发骚乱。十天的工作周期到礼拜六结束，阿布迪·萨拉姆被派去通知工人们第二天不干活。这个大笨蛋竟然是这么说的：“明天是礼拜天——所以，不干活！”

话音刚落就引起了一片骚动！什么！穆斯林好弟兄们就这么好欺负，还要为了二十个亚美尼亚基督徒牺牲吗？一名叫阿巴斯·以德的工人很愤怒，想要组织罢工。马克斯于是发表了演说，称他想在哪天休就在哪天休，不管是礼拜天、礼拜一、礼拜二、礼拜三、礼拜五还是礼拜六。至于阿巴斯·以德，他再也别在丘上出现了！亚美尼亚人幸灾乐祸地偷笑着，马克斯告诫他们管好自己的舌头，免得招来杀身之祸。处理完这事便开始发工钱了。马克斯安坐在“玛丽”号上，迈克尔从屋里扛了几袋钱出来（谢天谢地不是美济迪。这种钱币已被废除，叙利亚对货币的流通做了*严格规定*①）丢在车上。马克斯的头露在驾驶座的窗口（看着特别像火车站的票务员）；迈克尔搬了个凳子到车上，号称要管钱，他把硬币叠成堆，眼看这么多钱要流到穆斯林手上，不禁长叹一声！

马克斯翻开巨大的账簿，好戏开始了。被叫到名字的工人一批批上前领了工钱。计算工钱是一项庞大的算数工程，从前

---

① 原文为法语。

一天黎明时分就开始了，核对好个人的每日小费，再加上工钱算出总额。

命运的不公在付薪日一览无余。有些人得到了丰厚的奖金，另一些则几乎没有。到处是玩笑话和俏皮话，即便是没有得到命运女神垂青的人也很快活。一位美丽的高个子库尔德女人冲向正在数钱的丈夫。

“你得了多少？给我看！”她一把夺过所有钱款就走了。

两个文雅的阿拉伯人被这一幕不像女人（也不像男人）的行为惊到了，默默地别过脸。

库尔德女人又从她的泥屋子里冒出来，对着丈夫破口大骂，怪他不把驴拴好。那个俊俏的大个子库尔德男人悲伤地叹了口气。谁让他是库尔德丈夫呢？

有个说法是，如果在沙漠里被阿拉伯人抢劫了，他会放你一条生路，但如果被库尔德人抢了，他可能一刀宰了你，不过是为了好玩！

也许是惧内激发了对外的凶蛮。

终于在两小时后，每个人都领到了工钱。达奥德·萨勒曼和达奥德·萨勒曼·穆罕默德之间发生了小误会，不过妥善解决了。阿卜杜拉笑着说多给了他十法郎半。小玛奥德声讨他的四十五生丁——“两个念珠、一片陶器和一些黑曜石，和卓，上礼拜四的你漏了！”各种要求申诉都一一处理了。接着便问起大家是去是留。基本上个个都要离开。“不过过了这一阵，谁又说得准呢，和卓？”

“是啊，”马克斯说，“等你们的钱花光了！”

“正是，和卓。”

道别的话也说尽了。那晚，院子里充满了欢歌乐舞。

回到恰加尔，正是个大热天。上校喋喋不休地怒诉着“法国兵”的罪行，说它天天都叫他很失望。费尔希德一来，总是为车子打保票，说什么问题都没有。他这么一说，车子立马就发动起来了。上校觉得这更是侮辱。

迈克尔凑过来，用他的尖嗓门解释说只需要清理汽化器就好了——很简单的，他会做给上校看。说完，迈克尔就做起他最喜欢的把戏，把汽油吸进嘴里，潇洒地漱漱口，最后喝了下去。上校一脸恶心地看下去。迈克尔点点头，开心地笑笑，劝说上校“试一试”，一边点了一支烟。我们吓得大气不敢出，以为下一秒迈克尔的喉咙就会着火，不过一切太平。

各种小麻烦接踵而来。四个人因为老打架被开除了。安拉维和耶希亚起了争执，互不理睬。我们还被偷了一块地毯。酋长很愤慨，要主持审理这件事。我们从远处观望——一圈白胡子男人坐在旷野上，头凑在一起。“他们在那儿开会，”曼苏尔解释，“这样就没人能偷听到他们的秘密了。”

随后的程序极富东方色彩。酋长过来告诉我们，他已经知道为非作歹者了，事情会妥当处理，我们的地毯也会还回来。

但实际的情况是，酋长痛打了他的六个死敌，可能还恐吓了更多人。毯子没有回来，但酋长心情很好，看样子又发了财。

阿布迪·萨拉姆悄悄走到马克斯身边："我告诉你谁偷了你的毯子。是酋长的小叔子，雅兹迪酋长。他是个恶棍，但他姐姐心肠很好。"

阿布迪·萨拉姆的眼睛一亮，显然希望雅兹迪人遭到报应。但马克斯宣布毯子就当没了，不再究查。"以后，"马克斯严肃地看着曼苏尔和萨布里，"做事要更小心，毯子别拿去外头晒。"

另一桩叫人不快的意外事件：海关抓走了两个抽走私伊拉克烟的工人。这两位运气实在太背，因为两百八十个人（按我们现有的工资名单）人人都抽走私烟！海关官员想和马克斯面谈。"这是严重的罪行，"他说，"出于对你的尊重，和卓，我们就不从你的发掘现场逮捕这些人了。不然会让你不光彩。"

"谢谢你的好意和体谅。"马克斯答道。

"不过和卓，我们劝你把他们给解雇了，工钱也别付。"

"那可能行不通。我是个外国人，不用遵行这个国家的法律。这些人签了合同为我干活，我也签了合同付他们工钱。我不能因为这事扣住钱。"

事情最终解决了（得到了过错方的同意），从两人的工钱里扣了部分钱作为罚款交给海关。

"真主保佑。"那两人耸耸肩膀，回去干活了。心软的马克斯那个礼拜给两名被告发小费时很大方，两人在付薪日颇为高兴。他们并未察觉马克斯的善行，而把好运气归于安拉的无上怜悯。

我们又去了卡米什利。这趟远足带来的兴奋足以与去巴黎或伦敦并论。流程不变——哈罗德；和亚纳柯斯先生漫无边际的聊天；银行里冗长的手续——不过叫人惊喜的是，这次见到了马龙派教会的大人物，他一身盛装：镶嵌珠宝的十字架，浓密的头发，紫色袍子。马克斯用手肘碰碰我，暗示我将椅子让给“大人”，我不情愿地让了座，心想我可是新教徒。（注：相同情况下，我会把唯一的座位让给约克郡大主教吗？即便我让座，他也不会接受！）修道院院长也好，大法官也好，反正他一屁股坐下了，舒服地叹了口气，仁慈地看了我一眼。

迈克尔不用说，又在考验我们的耐性！他以低价买了些荒唐的东西。他又和曼苏尔一起去挑马，一腔热情的曼苏尔骑着马直冲进理发店，马克斯正在理发！

“出去，傻瓜。”马克斯喝道。

“是匹好马，”曼苏尔喊道，“很乖！”

话音刚落，那匹马就后腿一蹬立了起来，两只巨大的前蹄吓得理发店里人人都弯腰躲了起来。

曼苏尔连人带马被赶了出去，马克斯坐下来继续理发，这笔账以后再找曼苏尔慢慢算！

我们在兵营和法国司令吃了顿美味精致[①]的午餐，邀请了几名法国官员来我们家做客，然后回到哈罗德去看看迈克尔新犯的罪行。天看起来快要下雨了，我们决定启程回家。

---

① 原文为法语。

那匹马已经买下，曼苏尔请求骑马回家。

马克斯说不会永远骑不回来吧。

我说这主意很棒，就让曼苏尔骑马回家呗。

“你那么笨手笨脚根本骑不了。”马克斯说。

曼苏尔说他在马背上从来都很灵活。

于是安排曼苏尔第二天骑马回家。邮件要一天后领取，他正好能带回家。

回程的路上雨落下来了（和以往一样人鸡同车，很不舒服）。我们的车打滑得厉害，不过赶在道路阻断前到了家。

上校刚从布拉克回来，蝙蝠叫他更头痛了。用手电引诱它们到脸盆处倒很管用，只不过他一整晚都在做这事，没怎么睡觉。我们只是淡淡地说，一只蝙蝠也没见到！

我们的工人中有一位能读能写！他的名字叫尤素夫·哈桑，是最懒的人之一。我没有一次到发掘现场时是看到他在干活的。他不是刚挖完自己的片区，就是正准备开挖，或是中途抽根烟休息。他多少有点骄傲于自己的读写能力。有一天他在空烟盒上写东西娱乐大伙：“萨拉·比若在杰格杰盖淹死了。”大家都被这行充满学识而机智的字逗乐了。

这只空盒子被卷进了空面包袋，继而裹进面粉袋子，回到了罕泽尔村。有人发现盒子上写着文字，便带去给有文化的人看。消息立马就传到了萨拉·比若家所在的杰玛耶尔村。结果：礼拜三来了支浩浩荡荡的吊丧队伍——男人、抽泣的女人、嗷嗷大哭的孩子——全都来到布拉克丘墟。

“天啊，天啊！”他们哭号着，“我们亲爱的萨拉·比若淹死在杰格杰盖河了！我们来寻他的尸骨！”

紧接着他们就看到了萨拉·比若本人，他正在分配的地盘上快活地挖土铲土。大伙大吃一惊，解释了一通后，萨拉·比若火冒三丈，抄起铲子要去找尤素夫·哈桑算账。双方各有一个帮手，上校上前制止他们（徒劳），试图搞清楚情况。

马克斯审讯了他们，并下了判决。

萨拉·比若被罚停工一天——（一）因为打架，（二）因为劝说不听。尤素夫·哈桑被判步行到杰玛耶尔村（四十公里）为自己的恶作剧解释并道歉。他还被罚了两天的工钱。

事后马克斯对工头们说，会读写也可能很危险啊，这可是血的教训！

因为天气的缘故，曼苏尔在卡米什利已经被困了三天，今天突然半死不活地趴在在马背上出现了。自己都已经站不起来了，居然还在卡米什利买了条美味的大鱼，耗了几天已经变质了。不明白他怎么想的，竟将发臭的鱼带了回来！鱼立刻拿去埋了。曼苏尔哼哼唧唧回到床上，三天没露脸。在此期间，我们享受了萨布里井井有条的料理。

终于去成了柯卡布火山。费尔希德担心坏了，自告奋勇要当我们的向导，因为他“了解这个国家”。我们上了一座看起来相当危险的桥，跨过杰格杰盖河，把自己交到了费尔希德手中。

这一路还比较顺利，虽然费尔希德担心得要死。柯卡布一直在视野范围内，方向很清楚，但石子路很糟糕，尤其到了接近死火山的地方。

出发前，一件鸡毛蒜皮的家务事引发了一场激战，为了一小块肥皂，工头们的关系闹得很紧张。他们冷冷地说他们才不想来，是上校逼他们来的。工头们分别从两边上了“玛丽”号，背靠背坐着！瑟金斯像只母鸡一样在后头蹲着，不和任何人说话。搞不清到底是谁挑起了是非。然而，等到爬完柯卡布，一切都烟消云散了。我们本期待着沿着开满鲜花的缓坡漫步到山顶，但实际情况和期望大相径庭，简直是爬墙不是爬山，地上尽是容易打滑的黑色火山渣。迈克尔和费尔希德坚决不肯迈步，不过其余人都冒险一试。我很快便放弃了，歇下来看风景：打滑的，喘气的，攀登的。阿布迪·萨拉姆更是手脚并用！

我们在一个较小的火山口用了午餐。那儿开满了野花，叫人心旷神怡。四周的景致也很壮观，辛贾尔山群山就在不远处。一切都那么宁馨。我心中涌起一股幸福的巨浪，发现自己如此热爱这片土地，生活如此美好！

第九章
重逢麦克

这一季快要接近尾声了。麦克要来和我们会合了，我们很期待再见到他。帮浦问了许多关于麦克的问题，不太相信我的一些说辞。还需要为麦克准备一个枕头，我们在卡米什利挑了个最好的，还是硬得像铅一样。

“可怜的家伙可不能睡在那上头。”帮浦说。

我让他放心，说麦克不会介意。

“跳蚤和虫子都不咬他，他好像从来没什么行李或个人物品。”我回忆着往昔，补充道，“只有他的格子垫和日记。”

帮浦好像更不相信了。

麦克终于来了。这天刚好是我们的休息日，我们做了个复杂的出行计划。上校清晨五点半开着“法国兵”去卡米什利，除了和麦克会合外，还要理发。（这项任务执行的频率很高，因为上校一直留着军人的板寸头！）

我们七点用早餐，八点去阿慕达，在那里和其他人集合，然后集体去拉斯艾因，准备勘探那附近的土丘。（我们的休息日总逢司机的休息日！）萨布里和温和的德米特里也加入这次远足。他们精心打扮了一番，蹬着闪亮的靴子，戴上杭堡翘边帽，穿上过紧的紫色套装。迈克尔有了之前苦行的经验，套上了他的工作服，不过他绑了白色绑腿，这是为假日打扮的。

阿慕达还是那么肮脏，腐烂的死羊甚至比以前更多了。麦克和上校还没到，我闪过一个念头："法国兵"又为难上校了。

好在不久他们就到了，买了几样东西后（主要是面包，阿慕达的面包很棒），我们准备启程，却发现"法国兵"的表现不太好，轮胎瘪了一只。迈克尔和萨布里赶紧处理，与此同时一群人聚了过来，越凑越近——阿慕达人就爱看热闹。

我们好不容易上路了。不过一小时后，"法国兵"又不听话了，另一只轮胎出了问题。只好再修。不过"法国兵"的零部件看样子都不管用了。千斤顶有缺陷，唧筒彻底罢工。萨布里和迈克尔使出浑身解数，创造了奇迹。

我们再次上路时，已经损失了一小时宝贵的时间。开到一条旱谷前，旱谷里竟蓄满了水——尚未到雨季，这很不寻常。我们停下车，商量能不能冲过去。

迈克尔、萨布里和德米特里觉得，要是真主保佑，我们当然能过去。但我们考虑到，如果全能的主不让"法国兵"发生奇迹抬高底盘，我们就会彻底被困住。虽有不甘，还是决定小心行事。

这一决定叫当地人很失望，我们真怀疑他们将拖车当成一种营生。迈克尔下水测试水深，他的内衣叫我们都吃了一惊！

裙袍般的白色棉布裤子，裤脚处用带子绑系在脚踝处——有点像维多利亚时期的女士荷叶边长内裤！

我们索性就在旱谷边上吃了午餐。午餐后马克斯和我涉足而下。一切顺利，但冷不丁窜出来一条蛇，吓得我们落荒而逃。

一位老者过来坐在我们边上。问候完了，照例是长久的沉默。

然后他礼貌地询问我们是不是法国人。德国人？英国人？

英国人！

他点点头："这个国家现在属于英国人吗？我记不得了。我知道不再是土耳其人的了。"

"没错，"我们说，"战后土耳其人就没来过了。"

"战争？"老者很困惑。

"二十年前打的仗。"

他回忆着："我不记得那场仗……啊，对，大概是你们说的时间，铁路上来回都是当兵的。那个就是战争？我们不知道那就是战争。没怎么影响到我们这里。"

长久的沉默后，他起身，礼貌地和我们告别。

我们经由拜因达丘墟返回，那儿看起来像是支了几千顶帐篷。临近春天，贝都因人南下来找牧草。瓦基干谷里有水流淙淙，大地生机勃勃。可能再过两个礼拜，这里又是空旷寂静一片了。

我在拜因达的丘坡上发现了一样东西。看上去像是个小贝壳，但仔细看发现它其实是用黏土做的，上面还有绘图痕迹。

这引起了我的兴趣，我开始瞎想谁做了它又是为什么。它是用来装饰房子、化妆盒，还是餐具的呢？它是贝壳的模样。几千年前，在这块内陆，谁会想到，谁会知道海洋呢？能做出它的匠人是怎样的心灵手巧？我叫上马克斯，可他谨慎地说我们什么资料都没有；又补充说，他很乐意为我留意有没有相似的发现。我没指望麦克，他对这个不感兴趣。帮浦表现得饶有兴趣，他自告奋勇要和我就这个主题玩游戏。“陶土贝壳变奏曲”持续了一会儿，上校老拿罗马时期跟我们过不去（对我们的挖掘来说太无礼了），我们最后只好联手向上校发起进攻。宽宏大量的我同意为我们（最不入眼的）文物中的罗马胸针拍照，甚至要单独给它拍张照！

我们兴高采烈地回到家，酋长冲出来迎接麦克。“哈，工程师和卓！”他热情地吻了他的双颊。

上校咯咯笑着，马克斯警告他：

“明年就轮到你享受这个待遇了。”

“被那个糟老头强吻？”

我们都打赌说会的，上校依然一脸不可亵渎的表情。他告诉我们，马克斯被当成兄弟，接受了一个热诚的拥抱。“但这不会发生在我身上。”上校咬定。

工头们见到麦克欣喜若狂。他们一股脑儿说着阿拉伯语，麦克和从前一样用英语作答。

“啊！麦克和卓，”安拉维叹了口气，“他还是只会吹口哨！”

一桌丰盛的晚餐像变戏法般出现了。饭后，我们边享受着为假日和麦克准备的特别佳肴（土耳其软糖、腌茄子、巧克力和雪茄）边闲聊着，虽疲倦却惬意，难得聊着考古学以外的话题。

我们聊到宗教问题，由此聊到好撒玛利亚人的故事。《圣经》中的记载，尤其是新约故事，在这片土地上有着特有的真实和趣味性。它们隐含在日常语言和意识形态中。在这里，阐释的重点常常不同于我们通常的理解。举个简单的例子，在耶洗碧的故事里，她施着粉黛的脸和头发的式样代表了戒律严格的新教环境下的不端。但在这里，并非脸部和发式——因为贞洁的妇人人人绘脸（或文面）染发——耶洗碧向窗外看才真正是不端庄的行为！

马克斯和酋长的冗长对话中也不乏对《新约》的援引，我不得不让马克斯长话短说解释给我听。他们满篇用的都是寓言：一方说了一个寓意深长的故事来暗射他的期许和要求，对方则以另一个故事驳回，如此种种。一切皆非直言。

好撒玛利亚人的故事只适合发生在这片土地上，充满拥挤的街道、警察、救护车、医院和公众救济的社会里提供不了故事该有的基调。要是今天有人在从哈塞彻到代尔祖尔的茫茫沙漠中倒下，好撒玛利亚人的故事会重新上演，这说明在沙漠地带的子民眼中，怜悯是高尚的美德。

马克斯突然问，我们中有多少人会在毫无目击者，没有公众压力，不明结果的情况下援助他人？

“自然人人都会。”上校坚定地说。

“不见得，是不是？”马克斯继续说，“一个人躺着快死了。

要知道，死亡在这里并没有什么大不了的。你在赶路。你有要紧事。你不想耽搁或找麻烦。那人和你非亲非故。你不说也没人知道这事。总之，这事与你无关，而且很快有其他人会经过，等等，等等。”

大家都陷入了默想，我感觉人人都有所撼动。我们对自己的人性和良知真这么有把握吗？

静默良久后帮浦缓缓说：“我觉得我会……没错，我觉得我会的。可能继续赶路时觉得愧疚，就折回了。”

上校同意。

“是这样，不然心里不安。”

马克斯觉得他也会，但不能肯定他乐意这么做，我和他意见一致。

我们又默默坐了一会儿，我突然意识到，麦克和以前一样没参与进来。

“你会怎么做，麦克？”

麦克才回过神来。

“我？”他的语调有点吃惊。“哦，我会接着赶路。我不会停下来。”

“你不会？这么肯定吗？”

我们都好奇地看着麦克，他轻轻摇了摇头。

“这儿常常有人死去。死得迟些还是早些对他们来说无所谓。我真的不希望有人会为我停下来。”

是的，这是事实，麦克不会的。

他继续以温和的声音说：

“我觉得最好是走好自己的路，不受外界人事的纷扰。”

大家对麦克的回答都很感兴趣。突然我冒出个念头。

“但假设，麦克，”我说，“是一匹马躺着呢？”

“哦，马！”麦克突然间回到了俗世，充满了人情味，说道，“那就完全不一样了！我当然会为那匹马尽一切力量！”

我们哄堂大笑，麦克则一脸惊讶。

把今天叫作便秘日再合适不过了。阿布迪·萨拉姆的健康状况几天来都是热议话题。每种泻药都给他试过了。结果照他的话是“虚弱多了”。“和卓，我想去卡米什利扎上一针，好恢复我的力气。”

萨勒·哈桑的情况更糟，一切治疗都不管用——不管是温和的伊诺氏还是半瓶蓖麻油。

马克斯动用了卡米什利的医生给的马用药。他开了一大剂，并告知病人，如果他腹部“日落前有动静”，就给他一大笔奖励。

亲朋好友全都围在他身边。整个下午，他在亲友的陪伴下绕着土丘走了一圈又一圈，他们还叫喊着鼓励他，一边焦虑地盯着下沉的落日。

这情形很悬，不过就在收工一刻钟后，传来了喝彩声和叫喊声。消息像野火般传开了！闸门大开！脸色惨白的患者被一群狂热的人簇拥着来到我们的房子，接受许诺给他的奖赏！

萨布里有了越来越多的掌控权，牢牢管着布拉克营地的大小事务！他像所有人一样，特别照顾我们的“名声”。他说服迈尔克放弃划算的习惯，到卡米什利的集市上去买汤碗。于是，晚餐时一个巨大的汤碗出现在小桌上，占了大半个桌面，以至于其他东西都被挤得好不稳当！费尔希德的“什么都可以用叉吃”的想法被推翻了，取而代之的是诡异的餐具组合。萨布里还给“嗨哟”洗了个澡，用一把巨型梳子（迈克尔买回来时还很不情愿）给它梳了几个“辫子”，甚至还用廉价的粉红缎在它脖子上系了个结。“嗨哟”完全任他摆布！

取水工的妻子和十个孩子里的三个到了。（“你干的好事。”马克斯责备我）她是个爱发牢骚、相当不快活的女人，几个孩子也竟然不讨人喜欢。他们的鼻子很是叫人作呕。为什么只有人类的幼仔在自然界里会流鼻涕呢？小猫、小狗和小驴子好像不用受这份苦。

心存感激的父母示意孩子有机会就尽可能亲吻恩人的衣袖，他们恭顺地照做了，我们却竭尽全力想避免这种礼仪！礼毕，孩子们的鼻子看起来清爽多了，马克斯则尴尬地看看自己的袖子。

这一阵我们分发了大量阿司匹林给人们治头痛。天气已经很热，时有雷雨。人们中西药双管齐下，吞了我们的阿司匹林，又赶去酋长那儿。酋长尽责地将热的红色金属片放在他们的额头“驱赶邪灵”。最后的痊愈说不清是谁的功劳！

今天早上曼苏尔来我们的房间“服务”时，发现了一条蛇。它盘在脸盆架下的篮子里。这引发了一阵骚动，所有人都投入到捕杀活动中。接下来的三晚，我入睡前都要好好听听动静。慢慢地，这件事也就被我抛在脑后了。

有天早餐时我问麦克，想不想要个软些的枕头，一边给帮浦使了个眼色。

“我觉得用不着啊，”麦克有些惊讶，“我的枕头有什么问题吗？”

我得意地瞟了帮浦一眼，他咧嘴笑笑。

“我之前还不太相信，”他事后坦白，“以为关于麦克的故事只是你随口编纂的，不过他真是不可思议。他用的穿的没一样是脏的、破的、邋遢的。就像你说的，他房间里什么都没有，只有毯子和日记本，连书都没有。我不明白他是怎么做到的。”

我环视了一下帮浦和上校共用的房间，帮浦的地盘尽显着主人的活力与张扬。上校奋力守护着自己的地盘，不让帮浦越界。

突然，迈克尔在窗外用锤子砸起“玛丽”号来，帮浦火箭一样窜出去制止他！

热浪袭来了，马克斯和帮浦的穿着形成鲜明的反差。帮浦尽可能地脱光。马克斯则遵从阿拉伯习俗，从头遮到脚。他穿着超厚的粗呢外套，领子裹得牢牢的，仿佛完全忽略了当空的烈日。

至于麦克，我们发现他一点都没晒黑！

激动人心的“审判日”临近了。到了季末，文物部部长会亲自或派代表来分配这一季的发现。

在伊拉克时文物都是一件件挑选，要花上好几天。

不过在叙利亚，程序要简单许多。如马克斯所愿，只需由他将东西分成两堆就行。叙利亚代表来查看两堆文物，决定要挑哪一堆给叙利亚。另一堆则装箱寄往大英博物馆。要是在叙利亚那堆里有特别或特殊的物件，通常都会借给我们，好在伦敦进行研究、展览、拍照等。

难题就在于分堆。注定要失去些特别想要的东西，所以得均匀分配在两边。依次分配每一等级的文物时，我们都被马克斯唤去给他意见。两堆斧头，两堆护身符，以此类推。还有陶罐，念珠，骨制品，黑曜石。我们一个个被叫进去。

“这两堆你们会选哪堆？A 还是 B？”

我仔细看了看。

“我会选 B。”

“是吗？好的。叫帮浦进来。”

“帮浦，A 还是 B？”

“B。”

“上校？”

“当然是 A。”

“麦克？”

“B 吧。”

“唔，”马克斯说，“B 的优势太明显了。”

他从 B 挪走一堆可爱的马头形石制护身符到 A，补添了一只形状难辨的羊形护身符，又做了几样调整。

我们再次进屋。这次我们投票给 A。

马克斯挠挠头皮。

最后我们完全失去了判断力。

在季末这段时间，每个人都像上了发条。帮浦和麦克发疯似地绘图，跑去土丘规划房屋建筑。上校给剩下的物品分类、贴标签直到深夜。我来帮他忙，结果在命名上产生了巨大分歧。

“马头——块滑石，3 公分。”

我：“那是公羊。”

“不，不，看这马勒。”

“那是羊角。”

“嗨，麦克，这是什么？”

麦克：“是羚羊。”

上校：“帮浦——你觉得是什么？”

我：“公羊。”

帮浦：“看着像骆驼。”

马克斯：“那时没有骆驼。骆驼是后来才有的动物。”

上校：“好吧，那你说是什么？”

马克斯：“某种风格的牛头！”

我们接着又碰到了各种腰子形小护身符，至于另一些奇奇怪怪的护身符，则被谨慎地贴上了“仪式用品”的标签。

我冲印照片时需要合适的水温。多半在早上六点进行，到了午间就过于炎热了。

工人们一天比一天少了。

“到了收获的时候了，和卓。我们得走了。”

花儿老早就没了，多少是被牛佐着青草一齐吃了。土丘上仅剩一片光秃秃的黄色。周围的平原上，小麦和大麦垂下了脑袋。今年的收成不错。

决定命运的时刻终于到了。杜南先生和他太太今晚要来。他们是我们的老朋友了，我们在贝鲁特时在比布鲁斯古城见过。

夜幕降临了。丰盛的（按我们的标准）晚餐准备好了。“嗨哟”洗了澡。马克斯最后痛苦地看了一眼长桌上摆出的两堆文物。

“我觉得不相上下。假如我们失去可爱的小马头护身符和那枚罕见的圆柱印章（太有意思了！），那我们就能得到最好的恰加尔女神和双斧护身符以及那件精致的雕刻陶罐……不过，另一边还有早期绘纹陶罐。该死，必须得做个决定了！你会选哪边？”

出于人道，我们决定到此为止，只说我们没法决定。马克斯还在难受地咕哝说杜南眼光很敏锐，“他肯定会拿走比较好的一堆”。

我们一把拖走了他。

一小时又一小时过去了。天黑了。杜南夫妇还没出现。

“他们不会出什么事吧？”马克斯沉思着，“当然咯，他们会像这里所有人一样，开车飙到九十码。希望别发生事故。”

十点，十一点。没有杜南夫妇的踪影。

马克斯问，他们有没有可能去了布拉克，没来恰加尔。

“不会，当然不可能。他们知道我们住在这儿。”

午夜降临，我们决定不再等下去了。在这个地方，通常没人会在天黑后开车。

睡下两小时后，远处传来了汽车声。仆人们奔出去，兴奋地召唤我们。我们从床上翻下来，披上衣服，来到会客室。

来者正是杜南夫妇，他们误去了布拉克。他们离开哈塞彻时询问“挖文物”的方向，一个在布拉克工作过的男人给他们指了路。他们半道迷了路，花了挺久才到布拉克。到那里发现不对，便带了一名向导，穿过乡野，往恰加尔开来。

他们开了一整天车，但心情依然不错。

“你们得吃点东西。”马克斯说。

杜南夫人礼貌地说不用了。一杯酒和饼干就够了。

就在这时曼苏尔和萨布里鱼贯而入，端上了四道菜式的大餐！我不知道仆人们是怎么做到的。这简直是奇迹。杜南夫妇一路没吃东西，其实已经饿坏了。我们吃喝到深夜，曼苏尔和萨布里笑嘻嘻地站在一旁。

等我们要去睡觉时，马克斯半梦半醒地说想带萨布里和曼苏尔回英国。“他们太棒了。”我也很喜欢萨布里。

我想象着萨布里对英国家政的影响。他的大刀，油渍斑驳的套头衫和不刮胡子的下巴，爽朗的大笑声，以及对玻纤布别出心裁的用法！

东方的侍者简直是阿拉伯神话中的灵怪。他们来无踪，待你到达时他们早已在守候。

尽管我们从来不提前通告到达时间，但每次德米特里都会比我们先到。他可是大老远从海边赶来的。

“你怎么知道我们要来？”

“听说今年还要再挖。”

他轻轻补充：“这是好事。我现在要养我两个兄弟的家，一家有八个孩子，另一家有十个。他们吃得太多了。能挣点钱挺好的。‘瞧，’我对我兄弟的妻子说，‘老天保佑，今年我们不会挨饿了——我们得救了——和卓们要来挖土！’”

德米特里轻轻地走了，露出他的印花棉布裤子。他那种泰然自若的神情连恰加尔圣母像都无法企及。他爱小狗、小猫和孩子。他是仆人中唯一不吵架的。除了烹饪用刀，他甚至连把刀都没有。

审判开始了！杜南先生和太太检查着、讨论着、考虑着。我们忐忑地在边上看着。杜南先生花了一小时才拿定主意。他以法国人的方式快速挥了挥手。

“就这么着①，我选这一堆。”

人性就是这样，无论哪堆被选中，我们都希望是另一堆

① 原文为法语。

被选。

好在悬念了无，气氛一下松弛了。欢声笑语像开派对一样。我们踏勘了发掘现场，细阅了建筑师的计划和制图，还开车去了布拉克，讨论下一季要做的工作，等等。马克斯和杜南先生商讨着具体日期和程序。杜南太太诙谐的冷面幽默逗得我们很开心。我们是用法语交谈的，她的英语应该也讲得不错。她被麦克逗得开心极了，这个顽固的家伙的回答仅限于是①和不②。

“哎哟，你们的小建筑师不会说话吗？他看着挺聪明的！”③

我们说给麦克听，他没有任何反应。

第二天杜南夫妇准备上路。他们并没什么需要准备的，谢绝带食物和饮料。

“当然要带上水。”马克斯坚持，说在这种地方旅行绝不能不带水。

他们摇摇头，无所谓的样子。

“假设抛锚了呢？”

杜南先生大笑起来，摇摇头。

“哦，不会的。”

他松开离合器，汽车以法国人惯常在沙漠中行驶的速度发动了。每小时六十英里！

难怪考古学家在这块地区的车祸死亡率这么高！

轮到给我们的文物装箱了，一连花了好几天！一个个箱子

---

①②③ 原文为法语。

被装满，封紧，写上标签。

然后开始为回程做准备。我们要从哈塞彻搭一辆小破卡车，穿过荒芜之地到幼发拉底河沿岸的拉卡，从那儿渡过幼发拉底河。

“我们能看到拜利赫河了！”马克斯说。

他提到拜利赫时的神情和语气，正如从前提到杰格杰盖河。我猜他计划在正式离开叙利亚前，在拜利赫地区找点乐子。

“拜利赫?”我佯装不明。

“沿岸有很多伟大的丘墟。”马克斯虔诚地说。

第十章
觅途去拉卡

我们走啦！出发了！

房子的门窗都用木板封了起来，瑟金斯正在敲最后一枚钉子。酋长神气十足地站在一旁。一切都会安然无恙的！会请村子里最信得过的人帮我们看房子！酋长担保那人会不分昼夜保卫好的！

“别怕，兄弟！”他喊道，“即便要我自掏腰包付工钱，也会看好房子的。”

马克斯笑笑，给守门人的丰厚报酬一大半都会作为佣金落入酋长的腰包。

“在你手里一切都会安全的，我们相信，”他回答，“房子里的东西不太会变坏，至于外观，希望交到你手上时完好无损。”

“希望那一天远远的！”酋长说，“因为那一天意味着你们不会再回来了，那样我会伤心的。你们大概只要再挖一季吧？”他满怀希望地补充。

“一两季吧——谁知道呢？得看进展。”

“没发现金子挺遗憾的——只有石头和陶土。”酋长说。

“这些东西对我们来说和金子一样重要。”

“不过金子总归是金子。”酋长的眼睛闪着贪婪的光芒，“厄尔巴龙时期——”

马克斯巧妙地打断了他：

“等我们下次从伦敦回来，我能给你带点什么呢？”

“没什么——什么都不要。我什么都不想要。金表挺不错的。”

“我记下了。”

“兄弟间别谈什么礼物了！我唯一的希望是为您和政府服务。假使我在这上面亏钱了——好吧，这样亏钱也是光荣的。”

“要是我们只给你带来损失没带来得益的话，我们内心是不安的。”

迈克尔刚才正在高声指挥着，这会儿进来说一切就绪，我们可以上路了。

马克斯检查了汽油和机油，以防迈克尔为了划算，不按吩咐带上备用油桶。食物，饮水，我们的行李，仆人们的行李——好了，东西齐了。“玛丽”号鼓鼓囊囊，车厢内和车顶都载满了，曼苏尔、阿里和德米特里挤在车里。萨布里和费尔希德要回卡米什利的家，工头们搭火车去杰拉布鲁斯。

“再见，兄弟！”酋长高呼，突然间紧紧抱住上校亲吻他的两颊。

考察队全体都乐坏了！

上校的脸涨得通红。

酋长和马克斯又道别一通，然后热情地握了握“工程师”

的手。

马克斯、上校、麦克和我上了“法国兵”。帮浦和迈克尔一起上了“玛丽”号，随时镇压迈克尔在途中[1]冒出的“好主意”。马克斯反复和迈克尔说着他的指令。他要跟着我们，但不要凑到两车只差三英尺。假使迈克尔胆敢在路上去追驴子或老妇人，就扣他一半的薪水。

迈克尔低声嘀咕了句“穆斯林!”，然后用法语说：“非常好。”[2]

“那行，我们出发吧。都到了吗?”

德米特里带了两只小狗。“嗨哟”陪伴着萨布里。

“我会把她养得棒棒的，明年交给你。”萨布里喊。

“曼苏尔在哪儿?”马克斯大喊，“那个傻瓜人呢?他不来的话我们就上路了。曼苏尔!”

“到!”曼苏尔气喘吁吁地出现了。他拖了两大张臭烘烘的羊皮。

“那些不能带。嚯!”

“到大马士革这可就值钱了!”

“臭死了!”

“铺在车顶的话，太阳能把它们晒干，这样就没味道了。”

“太恶心了。别带了。”

“他说得对。很值钱的。”迈克尔说。他爬到卡车顶，小心

---

①② 原文为法语。

地用绳子将羊皮绑好。

“卡车在我们后面，应该闻不到。”马克斯无可奈何地说，“我们到拉卡前，它们肯定已经掉下去了。有个结是曼苏尔自己打的！”

“哈哈！”萨布里仰天大笑，露出他白金相间的牙齿。“也许曼苏尔想骑马吧！”

曼苏尔低下头。自从他从卡米什利回来，就一直被取笑。

“两块金表，”酋长的声音颇为迷幻，“不错的。就可以借一块给朋友。”

马克斯赶紧示意上路。

我们慢慢开出村子，上了卡米什利到哈塞彻的小道。一群小男孩向我们叫喊挥手。

等我们开到罕泽尔村时，人们从房子里跑出来，又是挥手又是大喊。那些都曾是我们的工人。

“明年再来。”他们喊。

“真主保佑！”马克斯应。

我们最后再看了一眼恰加尔巴扎尔，继续往哈塞彻开去。

到了哈塞彻，我们停车买了面包和水果，又去和法国军官告别。一位刚从代尔祖尔来的年轻军官对我们的旅程很感兴趣。

“你们要去拉卡？我跟你们说，到了那儿别跟着路标。走标识右边的一条道，然后再走左边的岔路。这样你们的路线比较直。另外一条路很绕。”

在一旁听着我们说话的中尉插了句，强烈建议我们往北面去到拉斯艾因，然后去阿拜厄德丘墟堆，走常用的从阿拜厄德丘墟堆到拉卡的道。这样就不会错。

“但这样路更长，非常绕。”

“最后其实更近。”

我们谢过他，还是决定照原计划开。

迈克尔买好了必需品，我们出发了，上了横跨哈布尔河的桥。

到了一处道路交会处，我们见到两块指示牌。一块写着阿拜厄德丘墟堆，一块写着拉卡，中间则没有指示。我们照着年轻官员的建议走了中间一条。

开了不远，道路又分了三个岔路。

“左边吧，”马克斯说，“还是他说的是中间？”

我们开上了左边的道，不一会儿又有了四个岔路。

这地方到处都是灌木丛和大圆石。车子必须得沿着道走。

马克斯又走了左边的道。“我们应该走最右面的。”迈克尔说。

没人理会迈克尔，他之前不知引我们上了多少歧途。

接下来五个小时不做详述——四周没有村庄，没有耕地，没有贝都因人的牧场——一片荒芜。

小道渐渐模糊，最后难以辨认。马克斯尝试向正确的方向开，即西南偏西的方向。但道路错综复杂，转来转去还是回到朝北的方向。

我们稍歇一阵，吃了午餐，喝了迈克尔烧的茶。热浪叫人窒息，再次启程并非乐事。一路颠簸，热浪和刺眼的阳光叫我头痛难忍。我们都不淡定了。

“好吧，”马克斯说，“好在我们有充足的水——那个蠢货在干吗？”

我们转过头。白痴曼苏尔正开心地用珍贵的水泼在脸上和手上！

我转告了马克斯的责骂！曼苏尔面露诧异，还有点委屈。他叹了口气。他好像在想，这些人真难伺候，一件小事就会激怒他们。

我们再次上路。道路更加曲折迷离，有时彻底断了。

马克斯忧心忡忡，说我们已经朝北走得太远了。

又到了道路分叉处，好像一条朝北一条朝东北。我们要掉头往回走吗？

快要入夜了。突然间路况变好了，灌木丛逐渐消失了，石头也没那么多了。

“我们总得开到什么地方去，”马克斯说，“我觉得现在可以直接穿过这片荒野了。”

“你要开去哪里？”上校问。

马克斯说朝西去拜利赫。只要我们找到拜利赫，就能找到从阿拜厄德丘墟堆到拉卡的大路，沿着这条大路开下去。

我们继续行驶。“玛丽”号爆了一个胎，我们损失了些宝贵的时间。太阳已经西下。

突然间令人欣喜的一幕出现了——前头有人在赶路。马克斯欢叫起来，在他们边上停下车，打了招呼，请求指路。

拜利赫？拜利赫就在前面。用我们的机器十分钟就到了。拉卡？我们离阿拜厄德丘墟堆比离拉卡更近。

五分钟后前方一线绿色映入眼帘——是沿河岸生长的植物。一座巨大的丘墟隐约可见。

马克斯欣喜若狂："拜利赫——看哪，到处都是丘墟！"

真是些庞大的丘墟，巍然矗立，气宇不凡。

"庞然大物。"马克斯说。

我的头和眼睛疼得不行，没顺着马克斯的意思，调侃说："罗马时期的玩意。"①

"你说得也没错。"马克斯说，"那是个障碍。罗马人才有那种石工技术。一排堡垒。下面的东西肯定不错，但要挖掘出来太花时间和金钱。"

我这会儿对考古完全没兴趣，只想找个地方躺下来，吞一把阿司匹林，喝杯茶。

我们开上一条南北向的大道，朝拉卡行进。

我们偏离正道太久，又花了一个半小时才看到前方盘踞的城市。天黑了，我们开进了郊区。这是座完全保留本地风格的城市——没有欧式建筑。我们询问特别事务处②。那儿的官员人

① 原文为转写成拉丁字母的阿拉伯语。
② 原文为法语。

很好，但安顿我们让他感到为难。这里没有提供给旅行者的住宿。我们还要向北开到阿拜厄德丘墟堆吗？开得快的话，两个小时——我们在那儿会住得很舒适。

但没有人能再忍受两个小时的颠簸，尤其是我。亲切的官员说有两间屋子——勉强够住，没有欧式用具——我们有被褥吗？仆人呢？

我们在一片漆黑中找到房子。曼苏尔和阿里打着手电巡视了一圈，点亮气化炉，铺开毯子。我指望着快手快脚的萨布里。曼苏尔慢吞吞的，粗笨得不可思议。阿里在外面忙着卸货。这会儿迈克尔跑进来，对曼苏尔指手画脚。曼苏尔停手了，和他争了起来。我连忙用有限的阿拉伯语呵斥了他们。曼苏尔好像吓到了，继续干起活来。

一床被褥和毯子铺好了，我瘫倒在床上。突然马克斯出现在我身边，端着我渴望已久的茶。他问我是不是不舒服。我说是的，抓着茶杯吞下四颗阿司匹林。这简直是杯甘露。我从没——从没——从没这么满足过！我躺下来，闭上眼睛。

“雅寇夫人。”我嘟哝。

“嗯？”马克斯吓了一跳，俯下身子问，“你说什么？”

“雅寇夫人。”我又说了一遍。

意思显而易见，我明白自己在说什么，但言语已弃我而去。马克斯面露护士的表情：绝不能和病人过不去！

“雅寇夫人不在这里。”他的声音很柔和。

我瞪了他一眼，眼睛沉沉地闭上了。依然还有嘈杂声。有人在忙着做饭。管他呢。我要睡觉——睡觉……

“完全昏倒！”[1] 我舒了口气。

“什么？”马克斯问。

“雅寇夫人。”我撂下这句就睡着了。

精疲力竭、痛苦不堪时睡上一觉，第二天早上醒来感觉充满活力，真是莫大的惊喜。

我感到精力充沛，而且饿得要命。

“阿加莎，”马克斯说，“你昨晚肯定发烧了。你胡言乱语了一通，老在说雅寇夫人。”

我瞥了他一眼，满嘴的鸡蛋叫我没法接口。

“胡说，”我终于能说话了，“你好好听的话就明白我的意思了！你脑袋里恐怕只有拜利赫的丘墟——”

“会很有趣的，”马克斯立刻就来了劲，“在丘墟上试挖一两条沟渠探测……”

曼苏尔过来了，憨厚的脸上堆满了笑容，问可顿今天早上怎么样。

我说我很好。曼苏尔好像有点伤心，因为我一下就睡着了，等到晚餐做好时没人忍心叫醒我。我还要一个鸡蛋吗？

“要的。”我说，虽然已经吃了四个。要是曼苏尔这回能煎上五分钟，就完美了！

---

① 原文为法语。

大约十一点，我们出发去幼发拉底河。这里的水面很宽，光秃秃的平原散着光芒，空气雾蒙蒙的。借用马克斯形容陶器的用语，这里一派“粉褐色”。

从拉卡跨越幼发拉底河，要搭相当原始的渡船。我们和其他几辆车一块不紧不慢地等着。我们的渡船还得等上个把钟头。

一些女子下河来用煤油罐取水；另一些则在洗衣。眼前仿佛是一幅建筑雕带画：穿着黑衣的高挑女子，半遮面，脖挺直，滴水的大水罐。女人们来来回回，缓慢从容。

我暗暗羡慕她们，戴上面纱一定很奇妙。这样会感到很私密，很隐秘。只有眼睛露出来——你看得到世界，世界却看不到你……

我从手提包里拿出镜子，打开我的粉盒。“没错，”我想，“戴上面纱一定非常奇妙！”

趋近文明世界让我的内心激动起来。我开始想象……香波和奢华的吹风机。修甲……有自来水龙头的瓷浴缸。浴盐。电灯……好多好多鞋子！

“你怎么了？”马克斯问，“我问你两遍了，有没有注意到昨晚我们从阿拜厄德丘墟堆开来的路上经过的第二座丘墟。”

“我没有。”

“你没有？”

“没有。我昨晚什么都没留意。”

“它不像其他丘墟那么坚实。东侧有些剥蚀。我想也许——”

我掷地有声地扔了一句："我听腻了丘墟！"

"什么？"马克斯恐惧地看着我，就好像中世纪的宗教裁判官听闻了什么明目张胆亵渎神灵的言论。

他说："不可能！"

"我在想别的事。"我从电灯开始，一口气报了一长串。马克斯摸摸后脑勺，憋了会儿，说好好理个发倒也无妨。

不能直接从恰加尔去萨伏伊之类的地方，让我们都挺遗憾的！这样就失去了强烈反差所带来的愉悦感！我们从不好不坏的食宿慢慢过渡，再次回到电灯或水龙头的世界时，那种文化碰撞所产生的兴奋感就钝化了。

渡船到了。"玛丽"号小心翼翼开上斜坡。"法国兵"跟上。

我们航行在宽阔的幼发拉底河上。拉卡渐渐远去。渐远的房子和城市的东方式轮廓看上去很美。

"粉褐色。"我轻轻说。

"你是说那个条纹罐吗？"

"不是，"我说，"拉卡……"

我轻声念着这个名字，就当在回到电灯开关统领的世界前，向它道一声再会。

拉卡……

第十一章
告别布拉克

新面孔和老面孔！

这是我们在叙利亚的最后一季了。终于结束了在恰加尔的工作，开始在布拉克丘墟的发掘。

我们的房子——麦克的房子——转交给了酋长（以隆重的仪式）。酋长以这房子为押，已经借了不止三次钱；然而，他依然表现出作为拥有者的骄傲。这房子似乎又为他挣了几分“名声”。

“说不定会把他逼死的。”马克斯凝重地说。他详尽地向酋长解释，强调屋顶必须每年检查，及时修补。

“当然，当然！”酋长说，“真主保佑，不会出差错的！”

除了房租和庄稼补偿费，我们还将房子、华丽的金表和一匹马作为礼物送给了酋长。

我们不知道酋长是否满足。他脸上堆满笑容，表现得很夸张，努力地争取“破坏花园”的补偿费。

“什么花园呢？”法国官员打趣问。

究竟是什么花园？我们问酋长花园的踪迹，问他究竟知不知道花园是什么，酋长服软了。“我是想造个花园的，”他毫不掩饰，“但是挖掘的事叫我打消了这念头！”

“酋长的花园”让我们取笑了好一阵。

今年和我们一起在布拉克的少不了迈克尔，还有快活的萨布里，“嗨哟”和四只小丑狗，悉心照顾小狗的德米特里，以及阿里。顶呱呱的曼苏尔，我们精于欧式服务的首席男仆——真主保佑——成了警务人员！他有一天穿着制服神气地来看我们，嘴角咧到了耳根。

吉尔福德今年春季曾是我们的建筑师，这次又与我们同行。我极为敬重他的一项技能：替马修蹄。

吉尔福德生着白皙的长脸，表情严肃。他初来乍到时，相当仔细地给当地人消毒包扎伤口。然而，等看到那些人回家后对待绷带的做法，尤其是看到尤素夫·阿卜杜拉扯掉干净的绷带，躺在工地最脏的地方任由沙子吹进伤口后，吉尔福德改用涂敷高锰酸钾溶液（因为色彩鲜艳而受到欢迎！），强调什么外用什么内服。

当地酋长的儿子练习开车时，简直像在驯小马，结果翻到水沟里，顶着脑袋上的大洞来找吉尔福德。吉尔福德吓坏了，用碘酒做了简单处理，小伙子痛得人都站不稳了。

“啊！”他喘着气说，“简直是火啊！太神了。我以后还来找你——再也不去看医生了。没错，真的是火啊，火啊！”

吉尔福德催马克斯告诉他去看医生，因为他的伤势不轻。

“什么，就这个？”酋长的儿子不屑地说，“不过是头疼！

挺好玩的，不过，”他若有所思地补充，“假使我捏住鼻子喷气——像这样——口水就从伤口里喷出来！”

吉尔福德脸都青了，酋长的儿子则大笑着走了。

他四天后来复诊。伤口愈合的速度快得不可思议。他有些不快，因为不用敷碘酒了，只用了些清洁剂。

“这个一点火辣的感觉都没有。”他颇为不满。

一个女人带着一个大肚皮孩子来找吉尔福德，且不管病症是什么，总之药剂的效力叫她很高兴。她回来感谢吉尔福德“救了我儿子的性命”，并且等大女儿一到年纪，就要把她许给他，吉尔福德脸都红了，那女人哈哈大笑，边走边说了些不宜刊印的村话。不用说，她是个库尔德女人，不是阿拉伯女子！

眼下是最后一季的秋季发掘了。今年春天我们完成了在恰加尔的发掘，转移到布拉克后，有了许多有趣的发现。现在我们在布拉克做收尾工作，最后要在位于拜利赫的一个土丘贾德尔丘墟待上一个月到六个星期，以此为发掘季画上句号。

当地的一位酋长在杰格杰盖河附近搭了帐篷，他邀请我们参加一个隆重的宴会，我们接受了邀请。到了那天，萨布里盛装出现：身着深紫色紧身套装，脚蹬锃亮的鞋，头戴杭堡翘边帽。他受邀随行，负责协调，向我们报告宴会的烹饪进程和我们到场的准确时间。

酋长敞开帐篷，在棕色的大罩棚下庄重地会见了我们。他身边围了很多朋友、亲戚和随从。

礼节性的问候完毕，贵客们（我们、工头们、安拉维和耶希亚、酋长和他主要的朋友）围成一圈坐下来。一位衣着华美的老者端着一壶咖啡和三只杯子向我们走来。他往每只杯子里都倒上了一丁点超浓的黑咖啡。第一杯端给了我——表示酋长熟悉欧洲人女士优先的礼仪（真厉害！）。另两杯给了马克斯和酋长。我们品尝着咖啡。过了一会儿，又添了少许咖啡，我们继续喝着。然后杯子收走了，重新倒满咖啡，轮到吉尔福德和工头们喝了。这样轮了一圈。不远处站着一大群第二等级的人。从身旁的帐篷隔板后穿来窸窸窣窣的笑声。酋长家的女人们在偷看和偷听。

酋长下了道命令，一个随从出去了，回来时带着根栖木，栖木上是一只英俊的猎鹰，猎鹰被安置在帐篷中央。马克斯啧啧称赞这只不凡的鸟。

三个男人端着一只巨大的铜锅出现了，铜锅放在了我们围成的圆圈当中。锅里盛满了米饭，米饭上是羊肉片，整锅食物拌了香料，热气腾腾的，色香诱人。酋长客气地请我们享用。我们用手抓着，配着阿拉伯面包吃了。

酒足饭饱，礼数尽毕。大盘子撤走了，食物还剩下多半，不过最好的食物已被消灭了。盘子端给稍远处的第二圈人（包括萨布里）继续吃。

甜食上来了，还有咖啡。

等第二圈人酒足饭饱，盘子端到了第三轮吃饭的人前。剩下的基本就是米饭和骨头了。这下轮到下层人员和那些贫困的“坐在酋长的影子里”的人。他们扑到食物上，等到盘子再一次端起时，已经空空如也。

我们又坐了一会儿，马克斯和酋长时不时有些严肃的会谈。然后我们起身，谢过酋长的款待，告辞回家。马克斯大方地酬谢倒咖啡的侍者，工头们也悄悄打赏了几位应当得赏的。

天气热烘烘的，我们步行回家，米饭和羊肉叫我们晕乎乎的。萨布里对今晚的招待十分满意。他觉得一切都遵循着严格的礼仪。

一周后，我们招待了一位访客。这位访客正是沙玛部落的酋长——真正了不起的人。本地的酋长陪同他出席，他坐着一辆漂亮的灰色车子到场。他是一个英俊、有教养的人，长着瘦黑的脸和漂亮的双手。

我们做了能力所及内最好的西餐。访客的到来让我们的员工也兴奋得不得了！

等他最终离开后，我们觉得刚才仿佛招待了一位王室成员。

今天真是一场灾难。

马克斯和萨布里去卡米什利采购以及到银行办事，留下吉尔福德在土丘上做着设计，工头们管着工人们。

吉尔福德回来吃午饭。吃完饭，他正准备开“法国兵”回丘上，见到工头们拼了命地往房子这边跑过来，好像大难临头一样。

他们闯进院子，叽里呱啦说起阿拉伯语来。吉尔福德一脸茫然，我大概七个词里能听懂一个。

“有人死了。”我对吉尔福德说。

安拉维又将重点讲了一遍。我估摸是四个人死了，起先只是口角，发展到互相仇杀。但耶希亚对我吞吞吐吐的推论猛摇头。

我怪自己没有学会这门语言！我懂得的阿拉伯语仅限于“这个不干净。这样做。不要用那块布。把茶端来。”之类的家务用语。这起死亡事件完全超出我的理解力。德米特里、小男仆和瑟金斯也跑出来听着。他们听得明白，但不会说英语。吉尔福德和我还是摸不着头脑。

吉尔福德说：“我最好还是去看看。”他向“法国兵”走去。

安拉维抓住他的袖子，激动地说着什么，显然是要阻止他。他夸张地比划着。从一英里之外的布拉克边缘，正涌来一群穿着彩色和白色袍子的人，他们面目狰狞，心怀不轨。我看到工头们很害怕。

“这些家伙跑掉了，”吉尔福德严肃地说，“我希望我能明白到底出了什么乱子。”

安拉维（暴脾气）或耶希亚用尖镐杀人了吗？完全不可能啊，而且他们也不可能杀了四个吧。

我又结结巴巴地猜测是不是发生了斗殴，并用肢体动作表达了我的想法。但回答完全是否定的。耶希亚比划说有什么东西从他头上落下来。

我抬头看看天。受害者遭了雷劈吗？

吉尔福德打开“法国兵”的门。“我去看看，这些家伙得跟我一块去。”

他命令他们上车，却遭到了武断的拒绝。他们不去。

吉尔福德很气愤，强硬起来：“他们一定得去！”

德米特里轻轻摇着他的大脑袋。

“不，不，”他说，“很不好。”

什么很不好？

“那边有些麻烦。”吉尔福德说着跳上车。他扫了一眼快速走来的那群人，猛地转过头，惊恐地盯着我，传递着“女士孩童优先”的讯息。

他下了车，有意放慢步子，佯装轻松地说：

“去兜个风怎么样？说不定可以遇见马克斯。反正也没什么事要做。带上你的帽子或随便什么你想带的。”

亲爱的吉尔福德，他干得真漂亮！他尽力不让我惊慌。

我也从容地应和，行啊，要带钱吗？考察经费在马克斯床下的现金盒里。如果暴徒真要来，我们还被洗劫一空就糟了。

吉尔福德依然竭力不让我“惊慌”，假装只是随口的建议：

“能不能请你稍微快点？”他说。

我进卧室取了我的毡帽，拉出现金盒，和吉尔福德将它搬到了车子上。吉尔福德和我上了车，招呼德米特里、瑟金斯和那男孩坐在后排。

“带上他们，工头不带了。”吉尔福德对于后者“落荒而逃”的行为还耿耿于怀。

我觉得挺对不住吉尔福德的，他显然想去对付那些暴徒，但还是优先顾虑到我的安全。不过这样也好。他在当地并没什么威望，而且语言不通，很容易将事情弄得更糟。我们得找到马克斯来处理这事，搞清楚来龙去脉。

吉尔福德本来计划搭救德米特里和瑟金斯，留下工头们担起他们应负的责任。结果安拉维和耶希亚把德米特里推到一边，他们自己上了车，计划被阻碍了。吉尔福德火了，想赶他们下车。他们硬是不挪半步。

德米特里平静地点点头，指指厨房。他往回走着，瑟金斯跟着他，好像有点不开心。

“我不明白这些家伙为什么——”吉尔福德发话了。

我打断了他：

“车上只能坐四个人——而且那些家伙要杀人的话，估计杀的也是安拉维和耶希亚，所以最好带上他们。那些人不会拿德米特里和瑟金斯怎么样。”

吉尔福德抬头，那伙人已经逼近，没时间再争执了。他瞪了一眼耶希亚和安拉维，一脚油门开出了院门，绕过村子，上了通向卡米什利的小路。

马克斯这会儿肯定在回程路上了，因为他打算下午早点工作。我们应该不久就能遇到他。

吉尔福德松了口气。我说他干得很漂亮。

“什么事？”

“你那漫不经心的建议，说兜个风去找马克斯，还有你避免让我惊慌。”

“啊，”吉尔福德说，“这么说你明白我想带你离开？”

我无奈地看着他。

我们全速前行，开了约一刻钟后遇到了驾着“玛丽”号的马克斯，车上坐着萨布里。马克斯见到我们十分惊讶，停了车。安拉维和耶希亚跳下“法国兵”朝马克斯奔过去，叽里呱啦说了一堆阿拉伯语，马克斯则间或问了几个犀利的问题。

这下终于弄清事情的原委了！

这段日子以来，我们在某处发掘地找到了大量精美的石雕或象牙雕兽形小护身符。发现的工人能得到不少小费。于是，为了尽可能多找些，工人们继续往下挖，因为护身符在更下层。

昨天马克斯勒令停止，因为再挖就危险了。马克斯随即安排工人们再到丘顶挖掘。工人们颇有微词，因为这样他们就得干上一两天无趣的活，才能再挖到护身符所在的土层。

工头们被派去监管。尽管工人们嘴上不悦，还是服从命令去了丘顶，个个挖得很卖力。

太平的情况一直持续到中午，午休时发生了卑劣的叛变。工人们都躺在丘坡靠近水罐的地方。一伙在另一边干活的人偷偷绕到土丘的“肥田区”，在已经开掘的地方疯狂地挖了起来。他们想抢别人的地盘，假装文物是从他们自己的地盘里挖到的。

复仇女神内美西斯降临了。他们挖得太深，上层泥土塌了，他们被压在底下！

一名幸存者大声叫喊起来，所有人都跑过来。一见这情形，三个尖镐工赶紧把他们的伙伴挖出来。一个活着，另外四个则死了。

这一来引起了轩然大波。哭喊声、哀悼声、指责声一片。不知工头们到底是吓破胆了呢还是受到了攻击，总之他们撒腿逃了起来，而后面那群人怒不可遏地追了上来。

马克斯估摸工头们是吓得没胆了，才产生了被人攻击的念头，但他没有浪费时间纠缠这个。他掉转车头，和我们的车一起全速向卡米什利开去，在那儿向特别事务处负责安全的长官报告了此事。

中尉立马召集了四位士兵，坐了自己的车和我们一同开回布拉克。工人们在土丘上，闹哄哄得像一群蜜蜂。见到官员来了，人们平息下来。我们列成一队走上土丘。中尉派了一个士兵将他的车开走，而他亲自去事故发生点。

他询问了事发经过，负责这块地方的工人解释说有人想抢他们的地盘。幸存者被叫来核实。这几个人都是那伙人里的吗？一个毛发无损，一个受伤，四个死了？会不会有人还埋着？没有。

这时中尉的车载着死者所属部落的酋长回来了。他和中尉共同处理起案件来，审讯继续。

末了，酋长提高嗓门向众人发表了讲话。他宣布考古队免责。案发时间是在工作时间以外的，而且那伙人企图从同伴那里偷东西。这是他们违抗命令和贪婪的报应。大家现在可以各自回家了。

此时夕阳西下，夜幕降临。

酋长、中尉和马克斯开车回到我们的房子时，德米特里正平静地做着饭，瑟金斯则笑嘻嘻的，我们松了口气。

协议又进行了一个小时。发生这事令人遗憾。中尉说那几个人都有家室，尽管没有义务，但最好还是要给些帮助。酋长说慷慨是高贵品性的标记，而且会大大增加我们在村民中的声誉。

马克斯说他愿意向那几个家庭提供些援助，前提是要明确是援助而不是赔偿。酋长完全认可，并说将由法国官员写下证明。此外，他会亲自口头道明。接下来便是数额的问题了。敲定这个问题，用了茶点，酋长和中尉离开了。两个士兵留在丘上看守事发地。

“记得，”我们疲惫不堪地准备休息时，马克斯说，“明天午休时派人去看着那个地方，不然事故会重演。”

吉尔福德不信。

“不会吧，他们知道这很危险，而且还发生了这事！”

马克斯沉着脸说：“等着瞧！”

第二天他守在一堵不太引人注目的泥砖墙后。果然，就在午餐时间，三个人偷偷跑过土丘的斜坡，在离他们伙伴遇难处两英尺的地方拼命扒拉起来！

马克斯一个箭步，劈头盖脸训起他们来，到底有没有意识到这么做会出人命？

一个人嘟囔：“但凭天意！”

他们由于蓄意偷窃同伴的东西被正式解雇了。

收工后，那块地方被严加看护，直到第二天下午上层完全被挖掉为止。

吉尔福德吓坏了："这些家伙好像根本不把性命当回事。他们对生死麻木不仁，把死亡当笑话。今天上午干活时还将整件事演了出戏！"

马克斯说死亡在这个地方算不上什么事。

工头吹响了收工的哨声。工人们跑下丘坡，经过我们时唱着："尤素夫·达奥德昨天和我们在一起——今天他死了！他再也填不饱肚子了。哈，哈，哈！"

吉尔福德瞠目结舌。

第十二章
艾因厄尔阿鲁斯

从布拉克搬家到拜利赫。

最后一晚，我们漫步到杰格杰盖河边，有点淡淡的伤感。我已经深深爱上了这条泥沙翻滚的细细的河流。

不过，布拉克的魅力仍不比恰加尔。布拉克的村子很凄凉，房子摇摇欲坠，荒弃了一半。亚美尼亚人身上破旧的欧式衣服和环境很不搭调，他们扯着嗓门骂骂咧咧，没有库尔德人或阿拉伯人那种天性的喜悦。我怀念漫步穿过旷野的库尔德女人，那些欢愉的大花，她们洁白的牙齿、欢笑的脸庞，以及自豪美丽的仪态。

我们租了辆破车来运输必需的家具。装在这种车上的东西必须件件用绳子固定好！我有种预感，等我们到了艾因厄尔阿鲁斯，东西也掉得差不多了。

一切就绪，我们出发了。马克斯和我坐“玛丽”号，迈克尔和仆人们带着“嗨哟”上了“法国兵”。

中途我们停下吃午餐，发现萨布里和德米特里哈哈大笑着。“‘嗨哟’晕车晕了一路，”他们说，“萨布里一直托着它的头！”“法国兵”的内部情形便是颇有说服力的证词！他们把这事当乐子，我倒觉得庆幸。

这是我第一次见到“嗨哟”垂头丧气的模样。“我可以面对，”它似乎在说，“与狗为敌的世界，陌生人的仇恨，溺水的危险，饥饿的折磨，拳打脚踢乱石砸。我什么都不怕。我对谁都好，但谁都不爱。不过干吗这么折磨我，连一点自尊都不给我留下啊？”它琥珀色的眼睛充满忧伤，看看这个，看看那个。它对自己劣境生存能力的信心动摇了。

好在没过五分钟，“嗨哟”又活蹦乱跳了，大口吃起萨布里和德米特里的午餐。我问这样是不是妥当，因为马上又要坐车了。

“哈，”萨布里大声说，“那么‘嗨哟’会吐得更多的！”

好吧，只要他们开心就好……

我们下午挺早就到了。我们的房子坐落在艾因厄尔阿鲁斯一条主街上，传说以撒遇见利百加的水井就在此地。这里颇具城市气息，按银行经理的话说就是“*石头建筑*”[①]。整条街长满了树木，正值秋季，叶子色彩丰富美丽。可惜房子处于街道以下，好潮湿，而且艾因厄尔阿鲁斯到处都是溪水。早晨醒来，外层毯子都是湿漉漉的，摸到的每样东西都湿湿黏黏的。我黏得难以动弹了。

① 原文为法语。

房子后有一个可爱的小花园，比我们之前居住的地方都要精美。

一路上掉了三把椅子、一张桌子，还有我的坐便马桶！比我估想的要少得多！

贾德尔丘墟坐落在一潭碧蓝的池水边，这里是拜利赫的供水源。岸边绿荫缭绕，十分美丽，自古以来便是以撒和利百加[①]会面的地方。这里和我们之前到访的地方都不同，有种感伤的美丽，不似恰加尔那般勃勃生机，也没有绵延起伏的土地。

这里不乏繁荣的景象，衣着华美的亚美尼亚人等走在街上，还有漂亮的房子和花园。

我们安顿下一个礼拜后，“嗨哟”叫我们丢尽了脸。艾因厄尔阿鲁斯所有的狗都跑来向它示欢，而且我们屋里没有一扇门是能好好关上的，赶不走野狗，也没法让它闭嘴！于是狂吠声、吼叫声、打闹声连成一片。“嗨哟”这个琥珀色眼睛的忧伤美人，还在千方百计地怂恿着这场群魔大乱。

整个场景犹如一部老式童话剧，恶魔们纷纷从窗户和活板门里冒出来。我们正坐着用晚餐时，一扇窗户猛地开了，一条大狗跃了进来，紧接着跳进来那只追它的狗——轰隆！卧室的门猛地开了，又一条狗跑了进来，三条狗疯狂地绕着桌子追杀

① 泛指情侣。

着，猛地撞开吉尔福德的房门，又倏地失了踪影，一转眼变戏法般从厨房的门冲了出来，萨布里抄起一只平底锅朝它们扔去。

吉尔福德彻夜无眠，狗儿们冲进房门，跑到他床上，而后从窗子跳出去。吉尔福德时不时起身赶狗。嚎叫声和汪汪声不断的午夜狂欢！

我们发现“嗨哟”是个势利眼。它只喜欢艾因厄尔阿鲁斯唯一一只戴项圈的狗！它似乎在说：“这才是气质！”那是条黑狗，长着狮子鼻，拖着葬礼马似的大尾巴。

萨布里因为牙痛几个晚上都无法入眠，他请了假坐火车去阿勒颇看牙医。两天后他笑吟吟地回来了。

他的看牙记描述如下：

“我去看了牙医。我坐在他的椅子里。我给他看牙齿。没错，他说，必须拔出来。多少钱？我问。二十法郎，他说。太不合理了，我说完离开了。我下午又去了。多少钱？十八法郎。还是太不合理了。虽说越来越痛了，但明摆着被人抢劫的事可不行。我第二天早上又去了。多少钱？还是十八法郎。中午又去了。十八法郎。他觉得我会被疼痛打败，但我坚持讨价！最后，和卓，我赢了。”

“他降价了？”

萨布里摇摇头。

“没有，他不降价，但我谈了笔好买卖。我说，十八法郎成啊，但你不能只拔一颗，得拔四颗牙！”

萨布里春风得意地大笑起来，牙齿的缺口也吟吟笑着。

“那几颗牙也痛吗？”

“当然不痛。不过早晚有一天会的。这下不会了，它们被拔掉了，而且是以一颗的价。”

迈克尔一直站在门口听着，他点点头表示赞许：“非常划算。”①

萨布里很贴心地带回一串红珠子，系在“嗨哟”的脖子上。“姑娘结婚后就会戴上这个。”他说，“‘嗨哟’最近结婚了。”

当然！和艾因厄尔阿鲁斯的每条狗！

今天是礼拜天，我们的休息日。上午我正坐着给发现物贴标签，马克斯则在计算工资，这时阿里领了个女人进来。她的样子相当体面，穿着整洁的黑衣，胸前挂着一只巨大的金十字架。她的嘴唇抿得很紧，看起来心烦意乱的。

马克斯礼貌地问候了她，她一股脑儿倒出个长长的故事，显然是悲剧。萨布里的名字时不时出现在故事中。马克斯皱着眉头，表情严肃。故事越说越激烈。

我推测这是个老掉牙的背叛乡村姑娘的故事。这位女子就是母亲，而我们快活的萨布里则是卑鄙的骗子。

那女人提高了声音，充满愤慨。她一只手紧握着胸前的十字架，举起来，似乎在咒骂什么。

---

① 原文为法语。

马克斯将萨布里叫了进来。我觉得我避开会比较妥当。正当我要悄悄抽身时，马克斯让我留在原地。我重新坐下，可能需要我作旁证，我表现得明白事情原委的样子。

这名女子不发一言，庄重威严地站着。萨布里一进屋，她毫不留情地控诉了他。

萨布里丝毫没有为自己辩护。他耸耸肩，举起手，似乎已经认罪。

闹剧还在继续，先是辩论，再是反诉，马克斯的角色越来越像法官。萨布里败诉了。好吧，他似乎在说，你们爱做什么做什么吧！

突然，马克斯扯了张纸写起来。他将白纸黑字递到女人面前。她在纸上画了个叉，又握着金十字架做了庄严的宣誓。接着马克斯签了字，萨布里也画了押、发了誓。马克斯数了些钱给那女人。她优雅地点点头以表谢意，拿上钱离开了。马克斯对萨布里说了些狠话，后者走出去的时候整个人都泄了气。

马克斯靠回椅子，用手帕擦了擦脑门："吁！"

我忍不住打听。

"究竟什么事？和女孩有关吗？是不是那女士的女儿？"

"不算是。那是当地妓院的老鸨。"

"什么？"

马克斯尽可能把那位女士的原话复述给我听。

她说，她来找他，好让他弥补他仆人萨布里犯的一个大错。

"萨布里做了什么？"马克斯问。

“我是个有身份的女人。这个地区所有人都尊重我！大家都称赞我。我的生意规规矩矩。结果就来了这家伙，这个萨布里，他在我房子里见到个他在卡米什利认识的姑娘。他好好地跟人家叙旧了吗？没有，他的举止粗暴，无法无天——叫我名誉扫地！他将一个土耳其先生赶下楼，还赶出门去，那个富有的土耳其先生是我最好的老主顾。他的行为蛮横无理！他甚至还教唆那姑娘离开我的房子，她可是欠了我的钱却得了我许多关照的。他替她买了张票，送她上了火车。再有，她带走了我的一百一十法郎，这是抢劫嘛！和卓，我不能容忍这种侮辱。我一向正直贞洁，是个虔敬的寡妇，谁都不会说我的坏话。我与贫穷做了长期艰苦的斗争，经过脚踏实地的努力在这世界占有一席之地。你不能站在暴力和错误的一边。我要求赔偿，而且我向你发誓（这时金十字架就上场了）我所说的皆是实话，我会当着萨布里的面重述给他听。你可以问问地方法官、牧师、法国驻军部队长官——他们都会告诉你，我是个诚实可敬的人！”

萨布里被唤来后，对一切供认不讳。是的，他在卡米什利就认识那姑娘。她是他的朋友。他被土耳其人惹怒了，把他推下了楼。也是他建议姑娘回卡米什利的。相比艾因厄尔阿鲁斯，她更喜欢卡米什利。那姑娘借了点钱带在身上，不过早晚肯定会还的。

于是就轮到马克斯宣布判决结果了。

“哎呀，在这个国家不得不处理这样的事。你永远不知道接下来会发生什么。”他表示无奈。

我问他判决结果如何。

马克斯清清嗓子。

“我的仆人闯入青楼叫我很是惊讶和生气，因为那破坏了我们的名声——考察队的名声，我会严令禁止仆人们进入青楼！”

萨布里黯黯地说，明白了。

“有关姑娘离开青楼的事宜，我不会介入，因我不负此责。至于她带走的钱，应该归还给您，事关考察队的名声，我现在就还。钱款将从萨布里的薪资里扣除。我会写张纸条读给您听，承认钱款事宜，撇清其他纠纷。您画个押，然后发誓这件事到此为止。”

我想起那女人举起十字架时尊贵而虔诚的样子。

“她还说了什么吗？”

“‘谢谢你，和卓。公正和真相才是正道。邪是压不过正的。’”

“好吧，”我没话可说了，“好吧……”

我听到窗外轻轻离去的脚步声。

那是我们刚才的访客。她带了一大部弥撒经书或是祷告书，正要去教堂。她的表情严肃端庄。大十字架在她胸前跃上跃下。

我起身，从书架上取下《圣经》，翻到妓女喇合的故事。对于妓女喇合的记载，我感觉自己略知一二了。我能明白那个女人自诩的角色是热情、狂热、勇敢，极其虔诚的——她终究是妓女喇合。

十二月快临近了，这一季也快到了尾声。也许是因为我们习惯春天多于秋天，也许是因为听闻欧洲动荡的消息，总之空气中有那么一丝忧伤。这一次隐约觉得，也许再也不会回来了……

不过布拉克的房子继续租用着——我们的家具会存放在那儿，周围依然有大量尚待开发的土丘。租赁期还有两年。我们当然要回来的……

“玛丽”和“法国兵”从杰拉布鲁斯开到阿勒颇，再从阿勒颇开到拉斯沙姆拉，在那儿我们陪朋友谢弗尔教授、他太太和可爱的孩子们过了圣诞节。世上再没有比拉斯沙姆拉更迷人的地方了，在可爱的小海湾上，白沙与白石拥抱着深蓝色的海水。我们度过了一个温馨的圣诞节。我们谈到明年——某一年，但是惶然感渐生。我们和他们告别。“在巴黎见。”

哎呀，巴黎！

这一次我们坐船离开贝鲁特。

我凭栏眺望。苍穹之下是黎巴嫩朦胧的蓝色山脉，多美啊！没有什么能与这幅浪漫的风景比拟，它充满诗意，几乎令人感伤。

突然间爆发了一阵喧哗声——来自我们经过的一条货船。船上的一箱货掉进水里，板条箱啪地散了……

海面上星星点点漂浮着马桶座……

马克斯过来问，发生了什么事？我指给他看，说我告别叙利亚的浪漫情绪完全被破坏了！

马克斯说他不知道这玩意有这么多出口！他担心这个国家没有足够的配套水管！

我陷入沉默。马克斯问我在想什么。

我在想阿慕达修女和法国中尉来喝茶时，木匠正在大门口打造我的坐便马桶。我在想长着“美丽的大脚”的毛巾架！那只专业的猫！还有屋顶上的麦克看日落时快乐而孤高的脸庞。

我在想恰加尔的库尔德女人，个个像快活的条纹郁金香。酋长染成红色的大胡子。我在想墓葬出土时，上校带着小黑包跪在地上，一个工人开玩笑说：“大夫来了。”于是“大夫先生”① 成了上校的昵称。我在想帮浦和他不听话的遮阳帽，以及迈克尔一边喊着“加油啊”一边抓住了系带。我在想有一个假日我们在开满金盏菊的小山上野餐，闭上眼睛我就能闻到迷人的花香和肥沃的草原……

“我在想，”我对马克斯说，“这样的生活真好……”

---

① 原文为法语。

后　记

这些零散的记述始于战前，下笔的原因已作陈述。

然后它被搁置在一旁。而今，在历经四年战乱后，我对叙利亚的念想越来越强烈，有一种力量促使我找出笔记和日记，完成这项未尽的事。回忆那样的日子、那样的土地是美好的。也许就在此刻，我的小山头正盛开着金盏菊，白胡子老者正走在驴子后，浑然不知远方的战争。“没怎么影响到我们……”

战时在伦敦待了四年，更叫我怀念那段美好的日子。以文字重温旧日亦是愉悦……记叙这一切并非苦差，而是爱的劳作。并非逃避过去，而是为今天的艰难和悲痛注入一些曾经拥有且依然拥有的不朽的东西！

我爱那片平静肥沃的土地和土地上纯朴的人们，他们知道如何大笑和享受生活，他们悠闲快活，他们有尊严、有礼貌、有幽默细胞，且不畏死亡。

真主保佑，让我再回到那片土地，保佑我爱的这一切不会从世间消失……

1944 春